BIBLIOTHÈQUE SAINT-GERMAIN

LECTURES MORALES ET LITTÉRAIRES

MÉMOIRES

D'UNE

INSTITUTRICE

A CONSTANTINOPLE

RACONTÉS

Par DON ALONSO

PARIS

Librairie Saint-Germain-des-Prés

PUTOIS-CRETTÉ, LIBRAIRE-ÉDITEUR

39, RUE BONAPARTE, 39

1867

Mémoires d'une Institutrice

A Constantinople

Arias. — Typ. Rousseau-Leroy.

BIBLIOTHÈQUE SAINT-GERMAIN

LECTURES MORALES ET LITTÉRAIRES

MÉMOIRES

D'UNE

INSTITUTRICE

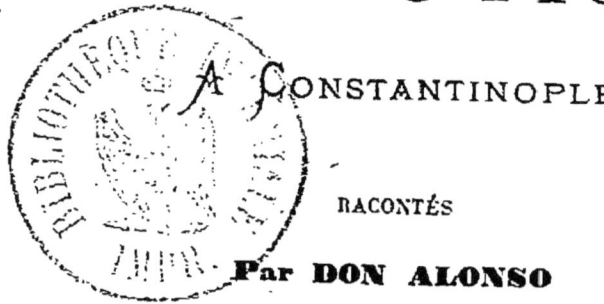

À CONSTANTINOPLE

RACONTÉS

Par DON ALONSO

PARIS

Librairie Saint-Germain-des-Prés

PUTOIS-CRETTÉ, LIBRAIRE-ÉDITEUR

39, RUE BONAPARTE, 39

1867

INTRODUCTION.

Les faits que nous allons relater, dignes d'intérêt à plusieurs titres, se sont en partie passés sous nos yeux ou nous ont été racontés sous le ciel du Bosphore par la jeune et gracieuse institutrice, personnage principal de notre récit.

Un autre motif nous a décidé à prendre la plume, c'est l'admiration actuelle de certains écrivains pour un peuple que Montesquieu dépeint ainsi : « Ce sont des barbares campés en Europe ». Rien de plus vrai. L'importance que nous donnons à deux bateliers : Achmet et Pétros, l'un musulman et l'autre catholique, tient non-seulement

aux différents rôles qu'ils out joués dans l'existence d'une intéressante jeune fille, mais à ce
qu'ils présentent les types orientaux tels qu'ils
sont, et qu'ils montrent quelle est la sympathie
des catholiques de l'Orient pour la France, leur
« patrie », disent-ils avec un enthousiasme attendrissant.

DON ALONSO.

MÉMOIRES

D'UNE INSTITUTRICE

A CONSTANTINOPLE

CHAPITRE Ier.

Le Bosphore. — Une Maison Arménienne.

> Il faut pour connaître la nature devenir
> une avec elle. Une vie poétique et re-
> cueillie, une âme sainte et religieuse,
> toute la force et toute la fleur de l'exis-
> tence humaine, sont nécessaires pour la
> comprendre, et le véritable observateur
> est celui qui sait découvrir l'analogie de
> cette nature avec l'homme, et celle de
> l'homme avec Dieu.
>
> (NOVALIS.)

Une tempête ! quoi de plus effrayant ? C'est la
nature déchaînée avec ses cris de guerre, avec
ses lueurs sinistres, avec les sourds mugissements
des vents qui troublent jusqu'aux plantes elles-
mêmes.

Le ciel du Bosphore, d'habitude si beau, si
diaphane, était à l'heure où commence notre
récit, surchargé de nuages, qui se groupaient
comme un essaim d'abeilles. Moment terrible

sans doute ; toutefois les lames argentées qui se font jour entre les nuées sombres, ne seraient-elles pas aussi pour nous ce qu'elles sont pour les Orientaux : des signes précurseurs d'espérance ?

— Achmet, dit l'intendant d'une opulente maison arménienne à l'un des kaïkchis (bateliers), qui se trouve près de lui, dépêche-toi de soustraire ton kaïque à la violence des vagues. Cela fait, tu nous viendras aider à mettre en sûreté d'innocentes fleurs qui ne demandent à croître et à se multiplier que pour sourire au ciel et embellir la terre.

Achmet, en fidèle croyant, promena ses regards dans l'immensité, suivit de l'œil la trace des nuages, tantôt s'amoncelant comme des masses de plomb, prêts à tomber sur la terre, tantôt se dispersant avec violence comme pour s'emparer de tel ou tel point de l'horizon.

— Mais, dit-il gravement, si les nuages se groupent en signe de menace, si la mer frémit dans ses ondes, si de flamboyants éclairs, précédés et suivis de coups multipliés, sillonnent les nues, c'est que cela doit être. Semblables à ces langues de feu seront les flammes de la Géhenne [1],

---

1. Feu de l'enfer alimenté avec des branches de ceps de vigne.

si les croyants s'abstiennent de pratiquer à la lettre les enseignements de l'envoyé d'Allah.

C'était un vrai Turc qu'Achmet. Il comptait parmi les sectaires d'Omar, second successeur de Mohammed, élevé au kalifat au préjudice d'Ali, gendre et cousin du plus rusé des faux prophètes. Or, les sectateurs d'Omar se distinguent des soixante-treize sectes qui divisent les islamites, en suivant à la lettre le koran, leur code politique et religieux.

Une haine implacable contre les chrétiens s'y manifeste à chaque ligne, et explique surabondamment le triste sort de nos frères d'Orient.

— Après la tempête, murmura le fanatique Achmet, apparaîtra l'arc-en-ciel aux teintes éclatantes, car Dieu est clément et miséricordieux.

Sur ces réflexions, Achmet mit par obéissance son kaïque à l'abri de la tempête ; puis, il gagna le jardin, ramassa un morceau de papier qu'il mit à l'écart avec soin de peur de fouler aux pieds le nom de Dieu, car, dit-il, « ce nom est puissant et grand ».

L'intendant, en sa qualité d'asiatique, possédait sa forte dose de poésie, mais de cette poésie qui voit dans la création l'abrégé vivant du Créateur. Aussi il se hâtait d'aviser aux moyens de préserver les belles fleurs des barbares outrages de la tempête, tandis qu'Achmet semblait vouloir ternir, par un rire empreint de fatalisme, et leur éclat et leur parfum.

— Eh bien ! Achmet, s'écria l'intendant, te décideras-tu à nous venir en aide ?

Et le kaïkchi, sans avancer d'un pas, répondit le plus flegmatiquement du monde :

— Il n'en arrivera que ce qui doit arriver.

— C'est par trop fort, s'écria l'intendant. Pourquoi, Achmet, ces éclairs avant l'orage, ces lugubres mugissements des vents, ces lointaines détonations ? N'est-ce pas un avertissement d'Allah ! Moi, catholique, j'y vois une preuve de sa miséricorde ; il veut nous prévenir avant de nous frapper.

— Obéir, se dit Achmet, c'est mériter un certificat de folie, et, cependant Dieu l'a voulu : je suis son serviteur.

Le kaïkchi se mit nonchalamment à l'œuvre, laissant courir un sourire empreint de malice sur ses lèvres hâlées.

La maison où s'opérait ce *kalabalik* (remue-ménage) était située à Yeni-Keui, charmant et pittoresque village du Bosphore, assis à mi-distance du détroit de Constantinople, qui sépare la mer Noire de la mer de Marmara. Trouver site plus enchanteur, même sur le Bosphore, eût été difficile ; la main ingénieuse de l'homme s'était plu à marier aux bienfaits de la nature tout ce que l'imagination a de poétique sous ce ciel d'un bleu d'acier.

Un vaste jardin anglais, séparé de la mer par un large trottoir précédé d'une grille dorée, étalait un luxe de fleurs dont la coquetterie se jouait à la brise du matin et semblait dire adieu aux dernières et languissantes clartés du cré- puscule.

Au milieu, un immense bassin aux parois de marbre blanc, reflétait les cactus, aussi lourds que leurs fleurs sont déliées. Un jet d'eau s'é- levait vaniteusement dans l'espace, pour retomber confus et brisé entre les parois de son bassin ; à droite, l'orangerie, pavoisée de jasmins d'Es- pagne ; à gauche, l'habitation des seigneurs de ce charmant paradis.

Une épaisse muraille séparait le square de la rue transversale du village. On y admirait des étagères de fleurs, distribuées avec un tact qui aurait donné à réfléchir à plus d'un étourdi. Et, de fait, savoir assortir ou s'assortir, n'est pas un mince talent.

A la moitié de ce mur pompeusement paré, se distinguait un escalier de pierre reliant le square au tchiflik, immense et pittoresque verger que traversaient de sombres et larges allées de mûriers aux fruits fades et aux feuilles ternes.

Le tchiflik s'élevait graduellement en amphithéâtre ; une plate-forme le couronnait, bordée d'orangers et de citronniers dont les fleurs odorantes se miraient complaisamment au vitrage d'une rotonde comme pour provoquer le *farniente* de l'indolent oriental.

Quel admirable point de vue que celui qui, de cette plate-forme, se déroule dans le lointain ! D'un côté, l'entrée du bassin de Constantinople épointé par la Corne d'Or ; de l'autre, les vigoureuses et sombres vagues de la mer Noire. En face, la pimpante côte d'Asie et ses villages échelonnés avec une grâce qui ferait l'éloge des Turcs, si le génie de la nation était pour quelque chose dans ce splendide panorama.

De cette perspective, l'horizon aux teintes de feu semble se relier aux brillants reflets de l'or des minarets élancés vers les cieux, tandis qu'à leurs pieds pousse le vert gazon dont la modestie défie leur orgueil.

L'âme qui s'inspire au feu de ses désirs, je veux dire au foyer de ses inspirations chrétiennes, jette un regard rétrospectif sur le passé pour mieux plonger dans l'avenir, où des palmiers ombragent des croix replantées sur les décombres des tourelles de cette autre Babel.

Mais, hélas! à l'époque où commence notre récit, les arbres de cet odorant verger, ni les fleurs de ce poétique jardin n'échangeaient plus leur doux et mystérieux langage.

Une rage de destruction semblait s'être emparée de ces branches naguère si paisibles; elles s'entrechoquaient avec un fracas qui, joint au sifflements des vents et à ce je ne sais quoi de sinistre s'échappant des entrailles de la terre, semait au loin une épouvante que reproduisaient les échos. Les fruits, violemment détachés de leurs branches, jonchaient le sol.

Au jardin même ravage; les fleurs il n'y a qu'un instant si aimables entre elles, se heurtent avec une violence proportionnée à l'impulsion du vent. Tels sont les hommes quand Dieu juge nécessaire de les exiler de sa présence pour s'éclipser dans les nuages sanglants des révolutions.

Quittons donc ces lieux, où tout est haine et bouleversement; regagnons l'escalier de pierre d'où nous apercevons Achmet contemplant un lit de fleurs de jasmin arrachées de leurs branches flexibles et frémissantes. Ses grosses lèvres murmurent quelques versets du koran.

Disons, par pur amour de la vérité, qu'Achmet, bien qu'insensible aux beautés de la nature ne dédaignait pas de recourir à une allégorie de

1.

prédilection quand on lui désignait une Turque aux pieds légers. — Quoi de plus rare? sous son disgracieux ferretgé et son capricieux yachmak [1].
— C'est un coucher du soleil par un vent du Sud, assurait le kaïkchi en assombrissant l'air de ses bouffées de latakié.

Pour vous, pâles et délicates fleurs de jasmin, jonchant le sol comme l'emblème d'une existence brisée au moment de sourire à la vie, le fanatique Achmet vous compare à un torrent d'infidèles foudroyés et foulés aux pieds par un arrêt du juste Allah! « Tel sera le sort de cette race impie, volontairement sourde au livre de la prière », murmure le kaïkchi, car Dieu est le rémunérateur des œuvres du fidèle islam [2] et le vengeur des opprobres du *yaour* sacrilége [3].

Non, blanches et sympathiques fleurs de jasmin, odorantes vignettes de l'œuvre divine, telle n'est pas notre pensée. Votre sort est le sort des choses du monde où tout finit et s'use vite.

---

1. *Ferretgé*, espèce de manteau à longues et larges manches. *Yachmak*, morceau de mousseline dont les femmes turques et nombre d'Arméniennes se couvrent le front et le bas de la figure.

2. *Islam*, résigné à la volonté de Dieu, d'où on a fait islamite.

3. *Yaour*, infidèle, qualificatif érigé en substantif pour désigner les chrétiens qui repoussent le koran ou livre de la prière.

Mais en vous arrachant de vos flexibles branches, la tempête reproduit ce que les passions humaines ont de féroce et de destructeur aux tristes heures de la vie!

Au même instant, la voix gutturale du mouzéïm [1], accompagnée du mugissement des vagues, s'abattit du haut de l'un des minarets de la mosquée de Yeni-Keui sur ce jardin dévasté, naguère si paisible. Achmet, comme de juste, s'approcha d'une fontaine adossée à un mur qu'ombrageaient des touffes de roses de Philippopolis, tourna le robinet de cuivre et s'adjugea les ablutions prescrites. Cela fait, il tourna ses regards vers la Kebla [2], prosterna sa longue figure contre terre, se releva ensuite les bras tendus en avant, de manière à en faire ressortir la musculature, ce qui nous explique ce dicton devenu européen : *Il est fort comme un Turc.*

A la seconde génuflexion, les bras nerveux d'Achmet formèrent une espèce de courbe couronnée de ses mains calleuses, mais jointes de manière à préserver son front quand il se précipitait à terre avec toute l'ardeur d'un fidèle musulman.

---

1. *Mouzéïm*, espèce de moine chargé d'appeler les croyants à la prière; cet appel a lieu cinq fois par jour.
2. Se tourner vers l'Orient ou vers la mosquée où repose la dépouille de l'imposteur.

Vint la troisième, où Mahomet est solennellement proclamé « l'envoyé d'Allah ». Les bras du fidèle croyant s'agitèrent dans les airs, semblant s'aider des violentes rafales de la tempête.

Son front allait s'humilier pour la troisième fois dans la poussière, quand un léger coup sur l'épaule le vint distraire de sa contemplation.

— Achmet, lui dit une jeune personne d'environ vingt-trois ans; la violence de l'ouragan a détaché ton pantalon de toile blanche de l'arbre où tu l'avais accroché, il s'est envolé au préau où paissent les vaches, et les voilà qui s'amusent à l'écarteler [1].

Non, en vérité, nous n'avons jamais vu d'homme plus alerte qu'Achmet, naguère si froid et si fataliste. Son corps, hissé sur les deux fuseaux qui lui servaient de jambes, arpentait le terrain avec une dextérité qui tenait du prodige.

— Achmet, Achmet, lui criait la jeune fille qui avait malicieusement mis son fatalisme à l'épreuve, pourquoi courir à te rompre les jambes? ce qui doit arriver arrivera!

Mais Achmet ne l'entendait plus; en revanche,

---

1. Le pronom de la seconde personne est seul employé en langue turque.

il regardait haletant et confus son large pantalon, devenu la proie des vents.

— Maudite soit l'infidèle, exclama le croyant à peine revenu de sa surprise. Non, jamais cette race hypocrite ne jouira du paradis aux fleuves de lait, des oasis de pampres, des pavillons de nacre qu'habitent les houris exemptes de souillure. Allah voit tout et comprend tout, car il est le savant et le miséricordieux !

— O personnalité humaine, dit à son tour la jeune fille en s'éclipsant sous une voûte pavée de marbre blanc; non, tu ne disparaîtras jamais, quel que soit ton fatalisme ou ton détachement des choses de ce monde ! Qu'adviendrait-il de tes semblables si ton égoïsme ne s'inclinait devant ce sublime et compatissant précepte : *Aime ton prochain comme toi-même pour l'amour de moi.*

La jeune fille subitement apparue n'est autre que l'institutrice transplantée en Orient par des circonstances qui se dérouleront dans le cours de notre récit. Elle avait observé de l'une des croisées de cette splendide habitation le flegme du batelier, et, par une inspiration soudaine comme l'éclair, elle avait bravé la fureur de la tempête pour s'assurer si la malice ne jouait pas un aussi beau rôle que le fanatisme dans les déclamations du fidèle croyant.

Rien qu'à ce petit trait, on pressent déjà le caractère de notre héroïne. La nature l'avait douée d'une spontanéité de cœur en harmonie avec sa vivacité : désillusionnée des vanités du monde à un âge où la vie se présente sous l'aspect d'un sourire, songer à elle était le moindre de ses soucis; mais se dévouer aux autres, telle était sa vie. Bornons-nous pour l'instant à cette légère esquisse, laissons aux faits le soin de la peindre telle que nous l'avons connue sur un sol étranger.

Nous disions que l'habitation de ce paradis terrestre, simple au dehors (précaution d'urgence pour détourner la convoitise turque), était à l'intérieur embellie par le luxe des fleurs. Le marbre, l'or, le satin et le velours rivalisaient d'élégance dans les divers kiosques, suspendus, si dire se peut, au cristal bleu de ce Bosphore de Thrace, dont le nom seul fait vibrer dans la pensée mille et mille souvenirs.

On y pénétrait par une porte vitrée située en face de l'orangerie, où grimpaient avec une coquetterie tout enfantine des plantes auxquelles un fil suffit pour conduire leur ambition. Le vitrage reproduisait leurs détours, ainsi qu'un miroir réfléchit les minauderies des jeunes filles qui jouent à la dame, ou les poses calculées de tout acteur de ce vaste théâtre qu'on appelle le monde.

Un vestibule pavé de carreaux de marbre blancs et bleus, précédait une antichambre spacieuse comme un salon d'ambassadeur européen. Elle avait trente-six croisées; la moitié ne laissait pénétrer qu'un jour adouci ; car des branches de myrtes, de jasmins, de citronniers, interceptaient la lumière, de façon à doubler le prestige des teintes diaphanes du détroit, encadré de sites enchanteurs, de coupoles majestueuses, de remparts tapissés de gazon.

En face de la porte d'entrée un escalier de marbre blanc à double rampe ressemblait à une étagère de fleurs. Enfin, de larges divans appuyés aux croisées et surchargés de coussins, négligemment posés, étaient à la disposition des intrépides fumeurs de latakié. De l'antichambre, on pénétrait dans les divers kiosques, vrais séjours de délice, si l'on peut appeler délice le luxe qui nous circonscrit et souvent nous étreint.

Non, non, ce ne sont là que les accessoires de la vie. Le sujet du bonheur réside au fond de l'âme, et ce triste monde ne saurait nous en offrir l'objet. Oh! combien de fois, assis sur ces divans, n'avons-nous pas vu des yeux s'ouvrir envieux au sourire des fleurs qui montraient leur corolle épanouie et n'avons-nous pas entendu des voix laissant tomber ces murmures après de longs soupirs : — Qu'il est d'heureux mortels ! Tout leur sourit, tout marche au gré de leurs désirs, tout, en un mot, concourt à leur félicité ! Leur croix, à eux, n'est autre que l'embarras des jouissances ou des moyens de se les procurer.

Oui, mais que si quelqu'un de nos lecteurs se sent une velléité d'envie à la vue du luxe qui entoure le petit nombre de ses semblables, qu'il veuille bien nous suivre dans cette vaste anti-chambre et pénétrer avec nous dans un de ces kiosques qui leur rappellera les séduisantes de-scriptions des *Mille et une Nuits*.

Le bel ameublement ! de larges et hauts divans de satin groseille règnent entre les nombreuses croisées ; des tentures de mousseline de l'Inde s'échappent négligemment d'une corniche dorée pour étaler leurs larges plis sur de riches coussins. En face des croisées donnant sur la mer, une console de marbre blanc met en relief une pen-dule de style Louis XV, où les heures se comptent si lentes pour les filles du harem. Cette pendule est accompagnée de deux vases en porcelaine de Chine, d'où sortent les clochetons de magnifiques fuchsias. A mesure que la voix du temps a fixé le terme de leur vie extérieure, ces fleurs qui na-guère semblaient défier l'avenir par leurs brillantes couleurs, étaient couchées sur le marbre comme un corps sans vie.

Çà et là des fauteuils de canne se balançaient pour ainsi dire d'eux-mêmes, et complétaient, par leur mollesse, l'ameublement du kiosque oriental.

Non, s'asseoir sur ces riches divans ou se bercer dans ces fauteuils paresseux, ce n'est pas le contentement. Ces accessoires, sans doute, y peuvent contribuer, mais le donner, non. La paix de l'âme, l'espérance d'une vie où rien ne passe, où le corps sera un moyen, au lieu d'être un obstacle comme ici-bas : cela, oui.

Deux femmes sont assises sur le divan. N'enviez pas ces babouches brodées d'or et de perles fines quelles ont laissées à terre. L'une, vous le voyez, paraît âgée de quatre-vingts ans. Sa mise, toute riche qu'elle est, a ce cachet de servitude que le vainqueur de la patrie des Constantin et des Théodose, imposa aux vaincus.

De larges pantalons de satin gris foncé, et coulissés aux chevilles, mettent en évidence des pieds qui jadis devaient effleurer les paquerettes, — style en cours, — sans ternir leur éclat. Une pointe de cachemire de l'Inde négligemment nouée à la taille, sert d'intermédiaire entre le pantalon et une veste grecque, richement brodée.

Un léger turban entrelacé de nattes d'emprunts, — c'est le goût du jour, — parsemé d'étoiles de brillants, telle est sa coiffure.

La personne assise en face d'elle, touche à la trentaine. Elle est vêtue de noir et à l'européenne, sauf la saltamaque (veste égyptienne) qui lui sied à merveille, grâce à sa taille bien prise et élancée. C'est le beau type arménien dans toute sa perfection : de grands yeux vifs et langoureux à la fois ; une bouche aux coins légèrement ironiques, mais dont le cordial sourire a je ne sais quoi d'attrayant et de bon. Tout serait parfait dans cette forme gracieuse si chaque ligne était animée d'un souffle de bonheur.

Les regards de l'aïeule suivaient avec une fiévreuse anxiété les mouvements de la tempête, tandis que la jeune femme attachait les siens sur cette tête octogénaire sur laquelle passaient les reflets de pénibles et cuisants souvenirs.

CHAPITRE II.

Retour des Arméniens à la foi de leurs pères.

> Sainte Église une et véritable! tu es
> l'unique chemin de la vie, et la seule
> dont les tabernacles ne connaissent pas
> la confusion des langues! Que mon âme
> se repose à l'ombre de tes saints mystères;
> loin de moi également et l'impiété qui
> insulte à leur obscurité, et la foi impru-
> dente qui voudrait sonder leur secret!
> C'est contre l'une et l'autre que saint
> Augustin semble avoir écrit ces paroles :
> « Raisonne, moi, j'admire; dispute, moi,
> je crois ». Je vois toute la sublimité,
> quoique je ne puisse atteindre à toute la
> profondeur.
>
> (THOMAS MOORE.)

Des montagnes d'écume se brisaient contre les rochers avec une rage de louve séparée de ses petits. Sombres ou plutôt grisâtres, elles s'éle-vaient impétueusement dans l'espace comme pour entr'ouvrir un abîme sous les navires en proie aux fureurs de l'ouragan.

Le détroit de Constantinople, si ondulé, si diaphane par instants, se roulait en quelque sorte dans l'écume de sa colère, et les kaïques, légers et alertes comme des ailes de papillons, suivaient l'impétuosité des vagues qui ne les attiraient que pour les dévorer.

Plus solides, les navires luttaient bravement contre l'élément en courroux ; mais que peut la force la mieux organisée quand la puissance est laissée au génie de la destruction ?

Les deux femmes que nous avons entrevues sur le divan n'avaient pas bougé ; leurs regards et leurs cris d'angoisse s'unissaient aux efforts d'intrépides matelots disputant à la mer une cargaison de vivres dirigée vers Bouyoukdéré.

— Elenca (Hélène), s'écria l'aïeule, c'en est fait de ces pauvres gens!... la dernière rafale a brisé toutes leurs défenses!... Quel souvenir!... Comme nous, ils sont à la merci des vagues qui redoublent d'acharnement à mesure que s'accroît le danger! Patronne des matelots, venez leur en aide.

La mer avait dévoré sa proie comme elle en avait dévoré tant d'autres, c'est-à-dire sans cesser de frémir, sans cesser de semer l'épouvante!

L'aïeule baissa la tête et donna un libre cours à ses larmes, auxquelles se rattachaient d'attristants souvenirs.

La jeune femme lui prit les mains, elles étaient aussi froides que la console de marbre où gisaient les clochetons de fuchsias prématurément arrachés de leurs tiges par l'effort du vent qui s'infiltrait de toutes parts.

— Du courage, mère, dit-elle enfin, si la joie était aussi près du cœur que la tristesse, nous n'aurions pas la consolation de répéter ces rassurantes paroles : *Heureux ceux qui souffrent, parce qu'ils seront consolés !* Souffrir, telle est la part dévolue à l'humanité.

— Ma vie, bien près de finir, n'a été qu'une suite de douleurs. Elles nous arrivent, que nous le voulions ou non ; mais du moins, je les ai subies avec résignation. Pas toujours, pourtant ; il est de ces moments, Elenca, où nous sommes sans force, où la nature l'emporte sur la volonté ; c'est quand un remords gronde au fond de nous-mêmes. Tu n'étais pas née, Elenca, lorsque...

— Pourquoi, interrompit la jeune femme, vous retracer ce passé ? Mieux vaut penser à l'avenir avec ses espérances !

Les grands yeux noirs d'Elenca brillèrent d'un éclat étranger aux choses de la terre, en contemplant les horizons intérieurs que l'âme seule sait trouver.

— Laisse-moi, Elenca, reprit l'aïeule, te rappeler mes heures d'angoisses ; je sollicite ta sympathie, écoute-moi.

La jeune femme renouvela ses instances, mais en vain ; le mugissement des vagues et la voix rauque de l'ouragan réveillaient avec une énergie toujours croissante des souvenirs qui d'ordinaire sommeillaient devant la paix habituelle des flots.

Madame Elenca, nous l'avons dit, était une belle et noble femme. Tout en elle était distinction, douces manières et tact exquis. Peut-être était-ce la seule infidèle qu'Achmet se fût abstenu de vouer à Eblis (le diable). Il en parlait avec autant de respect qu'il est permis à un sectateur d'Omar de parler des yaours.

Il assurait aussi que l'extérieur de madame Elenca reflétait une âme aussi pure que « le cou du cygne prenant son vol au-dessus des ondulations de la mer, au lever du soleil ». Pour notre part, nous trouvions la comparaison si poétique, qu'il nous était arrivé de lui marchander cette bouffée sentimentale au profit de la jeune institutrice.

Un peu de sang français coulait dans les veines de madame Elenca. Son grand-père, comme tant d'autres gentilshommes, avait pris la route de l'exil aux jours néfastes de la première révolution. Réfugié à Constantinople, il s'était adonné au commerce, où, grâce à une intelligente activité, la fortune lui avait souri. Ce sourire ne lui suffit pas ;

celui d'une femme aimée eut d'autant plus de
charme pour lui, qu'il était isolé de toute sa famille. Mais qui choisir? la coquetterie innée des
Grecques l'éloignait, alors que le gracieux contour
des têtes arméniennes le séduisait. Il fallait donc
opter entre une grecque catholique ou une arménienne hérétique. Il choisit l'hérétique, et ses
amis de se récrier à bon droit. Quinze jours après
le mariage, la comtesse de S... était catholique,
au grand scandale des Nestoriens. Hâtons-nous
d'ajouter que beaucoup d'autres familles arméniennes tournaient leurs regards vers l'Église de
Rome, l'Église Mère, et n'attendaient que l'occasion de se déclarer ouvertement.

La comtesse reprit :

— Vois-tu, Elença, et elle lui montrait du doigt
les vagues qu'un génie infernal semblait gonfler
pour entr'ouvrir des abîmes: c'est par un temps
semblable que nous traversions le Bosphore pour
nous rendre en exil. Ton grand-père disait un
éternel adieu à son pays adoptif, et plongeait ses
regards dans l'immensité, quelle que fût la violence des vagues, comme pour découvrir le ciel
de sa patrie!

Combien il était beau, quand il parlait de la
France!... Oh! que ce nom avait de charme sur
ses lèvres enthousiastes! Il nous semblait voir

la France peinte en miniature et enrichie d'un cercle de brillants formant ces mots : Patrie oblige! Souvent aussi, Elenca, j'ai vu des larmes sillonner ses joues à la vue de Français qui oubliaient leur histoire ou le passé de leur pays, qui foulaient aux pieds leurs croyances, et qui effaçaient de leur mémoire le son de la cloche aérienne qui les avait appelés à l'église pour les faire chrétiens et enfants de Dieu, qui reniaient la voix d'un père et d'une mère, desquels ils avaient appris les noms de Jésus et de Marie!

« Ils sont indignes d'appartenir à la patrie de Charlemagne et de Saint-Louis, s'écriait-il avec toute l'énergie du regret et de la douleur. »

C'est à ton grand-père, Elenca, que je dois le bonheur d'être catholique : « Sophia, me dit-il, après s'être adressé à mes parents, vous êtes la jeune fille la plus belle et la plus riche du pays; mais un mariage n'est possible entre nous qu'autant que vous renoncerez à vos erreurs. Et la proposition fut d'autant mieux acceptée qu'elle correspondait à un de mes désirs les plus chers. »

L'aïeule baissa la tête et sembla coordonner ses souvenirs.

Profitons de ce moment d'interruption pour rejoindre Achmet qui est resté à l'orangerie. La tempête lui a donné du loisir et il l'emploie à soulever de ses lèvres autant d'écume, de son narghilé [1] autant de nuage qu'un navire à vapeur traçant une ceinture de fumée autour de la Corne d'Or et de ses minarets.

Notre homme paraissait préoccupé d'une affaire grave ; par moments il débarrassait ses lèvres d'un tube, jadis cerise, aujourd'hui d'une couleur noirâtre, pour promener ses regards autour de lui. Évidemment, son âme était en peine, et son corps en était aux expédients.

Ce corps est grand et droit comme un I majuscule. La démarche est lente et mesurée ; ce qui ne l'empêche pas d'aller vite, grâce à la longueur de ses jambes amaigries. Ses bras, sont d'une longueur proportionnée à ses fonctions, ce qui n'arrive pas toujours. La tête, porte le signe de mille et un vices et de peu de vertus ; elle a des yeux dont l'éclat est terni par je ne sais quoi de farouche et d'insociable, un nez démesurément épais à son point de départ, et d'une finesse extrême à sa chute ; une bouche aux lèvres brunes et empreintes d'une ironie qui faisait ressortir

1. Figurez-vous une lampe de verre remplie d'eau, surmontée d'une pipe à tabac dont la queue est un tube de maroquin bouillonné au moyen de fils de laiton.

2

la blancheur de ses dents aussi aiguisées qu'une lame de rasoir. Joignez à ce qui précède un front couvert, des cheveux d'un noir d'ébène, un teint cuivré et légèrement huileux et vous aurez le portrait de notre kaïkchi.

Un moment de silence et de réflexion semble succéder à l'ouragan de son âme; par un de ces mouvements, communs à tant de gens, il porta la main à son cou, peu à peu à son oreille qu'il secoua, comme un homme débarrassé d'un poids accablant. Achmet s'était mis en paix avec sa conscience, par un raisonnement d'une subtilité douteuse.

« Enfin, s'était dit notre homme, l'infidèle m'est venue déranger au moment d'adorer un seul Dieu et de glorifier son prophète : donc le fait est d'autant plus involontaire que, sauvegarder mon unique pantalon de rechange a guidé mon premier mouvement. Allah comprend tout; il est le juge et le sage. »

Achmet ajouta : « Quoi que nous fassions, quoi que nous disions, nous ne sommes dans ce monde que les instruments d'Allah, le clément, le sage! Eblis (le diable), c'est évident, est partout, par son action, témoin la malice de l'infidèle; mais le Juste (Dieu) dissipe ses infernales embûches, comme les fontaines des oasis désaltèrent la soif des voyageurs dans les sables brûlants du désert. »

— Achmet, dit aussitôt en reparaissant la jeune fille, cause première de tant de troubles et de subtils raisonnements, c'est pour te relever du péché de paresse qui te caractérise qu'un bienfaisant génie m'a mise sur ta trace.

En vérité, l'ombre d'Eblis aurait fait un effet moindre sur notre kaïkchi que l'apparition de la jeune institutrice.

— L'enfer t'a vomie, répondit-il en détournant la tête avec une recrudescence de stupeur.

— Que parles-tu d'enfer, Achmet, dans ce séjour de Flore ? les fleurs, tu le sais, sont un avant-goût des délices du paradis de Mahomet.

— Où tu n'entreras jamais, yaour.

— Je n'y tiens pas, Achmet ; mais une chose à laquelle je tiens, c'est de te donner un conseil.

— Les conseils de femmes ne sont bons que pour les femmes, reprit-il en remplissant sa bouche de fumée.

— Et leur argent, Achmet, ajouta notre compatriote qui, le matin, lui avait prêté ou donné vingt piastres turques, à quoi est-il bon ?

— Il vaut celui d'un padicha, répondit le kaïkchi, non sans faire suivre et précéder sa réponse de son ironique et perfide sourire.

— D'accord sur ce point, Achmet ; maintenant

voici un conseil qui, pour le moins, vaut vingt piastres ; tâche à l'avenir de refouler tes déclamations lorsqu'il s'agira d'obéir ou de secouer le joug de ta paresse. La vélocité de tes jambes, en vue d'intérêts menacés, te vaudrait une série de sarcasmes que mon indulgence te voudrait épargner. J'ai dit.

La gracieuse jeune fille s'éclipsa comme une ombre, tandis qu'Achmet se prit à la maudire de nouveau.

Pendant ce temps l'aïeule avait rassemblé ses souvenirs qui, semblables au mouvement des vagues, se croisaient dans sa tête.

— Mère, lui dit la bonne Elenca, la mer s'apaise, comme pour vous rappeler aux joies du retour, au bonheur de revoir les lieux que chaque étape de l'innocente enfance grave dans la mémoire. Avec quel plaisir vous dûtes revoir ce jardin, témoin de vos premiers sourires ; ce berceau de jasmin, spectateur muet des caresses d'une mère ; ce ciel bleu, objet de nos désirs et de nos rêves !

— Oublies-tu, Elenca, répondit tristement l'aïeule, où repose la dépouille mortelle du père de mes enfants ? Elle est sur une terre étrangère, où il ne m'est plus donné d'y verser des larmes. « La vie n'est qu'un prêt, Sophia, » furent ses dernières paroles, et son dernier souffle expira sur la croix du Sauveur...

Nous respecterons les larmes de cette tête octogénaire pour raconter nous-même les péripéties d'une existence traversée de mille et mille douleurs, et pourtant bercée à son début entre des lys et des roses.

On sait le mariage de Sophia avec un catholique et sa conversion. Bon nombre de familles arméniennes, avons-nous dit, éprouvaient le besoin de secouer le joug de l'hérésie qui pesait sur elles depuis tant de siècles, pour se grouper autour de l'Église une et véritable : « Unique chemin de la vie, dit Thomas Moore ; la seule dont les tabernacles ignorent la confusion des langues ! »

Quel jour d'allégresse ce dut être pour cette bonne Mère au retour de tant d'enfants égarés ! Combien ces paroles, enveloppées dans la fumée de l'encens qui dépose aux pieds de l'Éternel nos vœux et nos espérances, durent retentir sous les voûtes du temple trois fois saint : Gloire à Dieu dans les cieux, et paix sur la terre aux hommes de bonne volonté !

« Brebis égarées par l'apostat Nestorius, nous rentrons au bercail, dit l'interprète de ces âmes du Bon Vouloir. Oui, nous croyons et professons de croire à l'Église de Rome, seule une, seule

2.

œcuménique, seule apostolique ; seule préservée du venin de l'hérésie. »

La tempête, hélas! devait bientôt succéder aux douces émotions de cœurs animés de l'esprit de Dieu. Ce pieux acte de soumission des Arméniens, ce retour à la foi de leurs pères, souleva des haines; et avec la haine, se fit sentir le besoin de la vengeance.

Dans l'intérêt de notre récit et pour l'intelligence du lecteur, un regard rétrospectif sur le passé est nécessaire : Que voyons-nous? Le berceau du Christianisme sans cesse ballotté par les vagues inexorables de l'hérésie. Aujourd'hui, c'est Arius [1] qui nie la divinité du Sauveur; demain ce sera Nestorius [2] sous des formes nou-

---

1. Arius, prêtre d'Alexandrie, premier auteur de l'hérésie à laquelle il a donné son nom, commença à la publier l'an 319. Ses erreurs furent condamnées au concile général de Nicée, en Bithynie, l'an 325, auquel se trouvèrent trois cent dix-huit évêques tant d'Orient que d'Occident. Arius, ayant refusé de souscrire au Symbole que l'Eglise répète encore aujourd'hui dans sa liturgie, fut exilé en Illyrie

2. Nestorius, moine de Syrie, fut placé sur le siége de Constantinople l'an 428. Il avait de l'esprit, de l'éloquence, un extérieur modeste et mortifié; mais beaucoup d'orgueil, un zèle très-peu charitable et presque point d'érudition. Il enseigna qu'il y avait en Jésus-Christ deux personnes, Dieu et l'homme; que l'homme était né de Marie, et non de Dieu; d'où il s'ensuivrait qu'entre Dieu et l'homme, il n'y avait pas d'union substantielle, mais seulement une union d'affections, de vo-

velles ; et après-demain Eutychès [1] viendra combattre Nestorius, armé d'une autre hérésie, tous
solidaires par le fond, des patriarches foulant aux
pieds les encycliques des papes, se déclarant
évêques œcuméniques [2], achetant leurs charges,

lontés et d'opérations. Donc, il refusait à Marie le titre de Mère
de Dieu. Voyons un peu :

Saint Jean dit, c. i, v. 1 et 14, que Dieu le Verbe s'est fait
chair. L'ange dit à Marie (saint Luc, c. iii, v. 15) : « Le Saint
qui naîtra de vous sera appelé le fils de Dieu ». Selon saint
Paul, le fils de Dieu a été fait ou est né du sang de David
selon la chair (Romains, c. i, v. 3). Dieu a envoyé son fils
d'une femme (Galates, c. iv, v. 4). Saint Ignace, dans sa lettre
aux Éphésiens, dit que Notre-Seigneur Jésus-Christ est Dieu
existant dans l'homme, qu'il est né de Marie et de Dieu, que
Jésus-Christ notre Dieu a été porté dans le sein de Marie.

1. Eutychès, abbé d'un monastère de Constantinople qui
n'admettait qu'une seule nature en Jésus-Christ. L'aversion de
ce moine pour le nestorianisme le précipita dans l'excès opposé : dans la crainte d'admettre deux personnes en Jésus-
Christ, il ne voulut y admettre qu'une seule nature, composée
de la divinité et de l'humanité. On croit qu'il tomba dans cette
erreur en prenant de travers quelques passages de saint Cyrille
d'Alexandrie. Il fut condamné, l'an 448, par le patriarche Flavien, et plus tard anathématisé avec Nestorius par les Pères
et le concile de Chalcédoine.

2. Jean le Jeûneur, patriarche de Constantinople, est célèbre
dans l'histoire de son temps par une abstinence et un jeûne
qu'il portait à un point étonnant ; il affectait de prendre dans
tous ses actes le titre fastueux d'évêque universel. Quelques-uns
de ses prédécesseurs s'étaient déjà signalés par la même ambition. Saint Grégoire-le-Grand le fit prévenir en secret de ra-
battre de ses prétentions. Plus tard, il lui écrivit lui-même de
manière à lui faire sentir qu'il ne souffrirait pas cette entre-
prise. Il donna en même temps des instructions au diacre Sa-

assemblant des conciles dans le seul but d'approuver le mariage des prêtres, au grand scandale de la discipline de l'Occident [1]; des empereurs se mêlant de disputes théologiques, à l'instigation d'impératrices éhontées, puis persécutant les catholiques, tandis que les ennemis du dehors se disputaient les meilleures provinces de l'empire.

Mais quels châtiments!

Jérusalem, la ville par excellence des chrétiens, est le premier patriarcat soumis au joug des kalifes; viennent ensuite Antioche, premier siége apostolique de saint Pierre; Alexandrie, célèbre par son école de philosophie, ses savantes disputes et sa bibliothèque brûlée par Amrou, général du kalife Omar. Enfin, voici le tour de Constanti-

---

binien, son apocrisiaire ou nonce à la cour de Constantinople, pour lui prescrire la conduite qu'il devait tenir avec le patriarche qui avait su mettre l'empereur Maurice dans ses idées. Le saint Pontife voyait les suites de l'ambition des patriarches, et alors que le Pape ne se donnait que l'humble titre de *serviteur des serviteurs de Dieu*, Jean le Jeûneur prenait le titre d'évêque œcuménique. Le patriarche Photius consomma en quelque sorte le schisme en 879.

1. Concile tenu à Constantinople, l'an 692, et que les Grecs ont appelé *quinisexte*, pour faire entendre que c'était comme le supplément du cinquième et du sixième concile qui n'avaient point de canons sur les mœurs. Les partisans du mariage des prêtres ne manquent jamais de l'évoquer à l'occasion; mais ils se gardent bien d'annoncer à leurs lecteurs que ledit concile n'était composé que d'évêques schismatiques et tous orientaux.

nople, foyer d'intrigues, de discordes, d'obstination et de cruautés. Le pillage dura trois jours, et, dans ces trois jours de détresse, de combien de lèvres durent s'échapper les paroles de l'empereur Maurice, mis à mort par ordre du tyran Phocas : « Vous êtes juste, Seigneur, et vos jugements sont équitables ».

Parler de l'Église d'Orient, comme on parle de l'Église de France, serait de nos jours une ironie. Une multitude de sectes ne composent pas une église, alors surtout que les catholiques, disséminés dans ce vaste empire, sont en minorité. Et, chose malheureuse! c'est toujours contre ce petit nombre de fidèles, la même haine que sous les empereurs grecs, tantôt monothélites, tantôt iconoclastes. Quelle entente entre ces différentes sectes, lorsqu'il s'agit de persécuter les catholiques! Mais aussi à quel avilissement cette haine ne les soumet-elle pas? Est-il spectacle plus navrant que la vue de patriarches soumis à la juridiction des successeurs de Mahomet, et dépossédés par eux de charges qu'ils avaient achetées à prix d'or? Pendant un séjour de quatre ans à Constantinople, nous avons vu un patriarche schismatique descendre et remonter quatre fois sur son siége, par le seul caprice des phanariotes [1],

1. Phanar, ancien quartier de Constantinople, occupé par

toujours avides de disputes et de changements,
en dépit des mille et mille leçons du temps et de
l'histoire.   .

Seul, le clergé catholique échappe à cette dé-
gradante servitude. C'est qu'il tient son autorité
d'une autorité plus grande, de l'autorité une et
infaillible.

A l'époque où une partie de la nation Arménienne tourna ses regards vers la mère-patrie,
vers Rome, tout ce que l'intrigue a de plus vil et
de plus repoussant fut mis en jeu pour rallumer
la persécution. Argent, caresses et flatteries, tels
furent les moyens employés auprès des autorités
musulmanes, — plus que sensibles à l'or des
chrétiens, — pour obtenir le bannissement de nos
frères. N'avons-nous pas eu la douleur de voir une
masse de Grecs, soudoyés par les phanariotes,
vouloir lapider un de leurs prêtres parce qu'il
avait embrassé le catholicisme? Si la France s'était
abstenue d'intervenir, c'en était fait de la vie de
ce malheureux. Et pourtant, causez avec un grec
quelconque, il vous grisera par la dose de libéra-
lisme dont il se dit être possédé.

l'élite des Grecs, si l'on peut appeler élite, une poignée de gens
qui passent leur vie à rêver le rétablissement du Bas-Empire,
à la seule fin de faire et défaire des empereurs à volonté, de
recommencer les disputes théologiques et de persécuter avec
une rage d'enfer les frères dissidents.

Un soir d'octobre, par un temps atroce, les plus nobles familles arméniennes se virent obligées de quitter Constantinople ; bien qu'il y eut nombre d'années de cela, c'est cette triste page, que le mugissement des vagues joint aux cris agonisants des naufragés, retraçait à la vénérable Sophia.

Mais, la voix sérieuse et grave de l'intendant se fait entendre de nouveau ; prêtons-lui un moment d'attention. Il appelle Achmet, qui ne répond pas, et pour cause.

— L'as-tu vu, Manolaki (Manuel)? demande l'intendant à l'un des jardiniers.

Et Manolaki relève la tête, ce qui signifie non, en son muet langage.

— On ne fera jamais rien de ces Turcs, murmura l'intendant en prenant la route du tchiflik.

Si l'intendant ignore où se trouve Achmet, nous le savons, nous ; il est encore à l'orangerie, fumant son narghilé et causant avec un de ses collègues qui l'a surpris en train de vouer à tous les diables aussi bien les Françaises que les Français.

— Achmet, tais-toi, lui répond Pétros (Pierre), ou sinon je vais te donner une rude leçon de reconnaissance. N'est-ce pas chose indigne de vomir feu et flammes contre les Français, quand ils nous viennent en aide. Pour nous, catholiques, la

France est notre patrie, et c'est toujours elle qui nous tend les bras aux heures d'angoisse.

C'était une belle âme que Pétros, sous son humble enveloppe ; oui, une de ces âmes embellies de la lumière du Christianisme. Il était satisfait de sa position, acceptant les épreuves comme une purification de ses propres misères. La vie était pour lui ce qu'elle devrait être pour tout catholique, une étape préparatoire où le libre arbitre s'exerce aux développements de la liberté qui est dans les cieux.

Le moral de Pétros esquissé, revenons au dialogue de nos deux kaïkchis dans lequel le catholique se montre aussi reconnaissant envers la France que l'islamite exhale de haine contre les chrétiens.

— S'ils viennent à notre aide, c'est qu'il y va de leur intérêt, dit Achmet avec son imperturbable flegme. Au demeurant, ils seront vainqueurs quand même : *Dieu* et la *Foi* [1] combattent dans leurs rangs.

— Tu t'adjuges, Achmet, un trait d'esprit qui sent le Phanar à dix lieues. Ces beaux diseurs ne sont bons qu'à fomenter des troubles dont ils sont les premières victimes. La Porte en a fait.

1. Le général Dieu et le fils du général Foy

exiler quelques-uns, non sans motif. Va, ils sont pour les sept huitièmes dans la guerre qu'entreprend le Russe (la guerre de Crimée). Combien la défaite de Sinope leur a réjoui le cœur ! « Les rives du Bosphore sont fatales aux Français, » dit à cette occasion un phanariote à *Cocona Mériem* [1], qui lui répondit avec autant de calme que l'autre y mettait d'ironie : « Vous voulez dire les perfidies des Grecs ».

— Que parles-tu de calme, Pétros, dis plutôt de malice ; cette Française vient de me jouer un vilain tour.

— La belle affaire ! ce tour vaut-il même la peine de s'y arrêter ? La Française est une digne et bonne personne s'il en fut. Combien elle est triste depuis quelques jours ! lui serait-il arrivé malheur ? Je l'ai vue pleurer à plusieurs reprises, et tu ne saurais croire à quel point j'en suis peiné... Mais je parle en pure perte ; tu n'as ni cœur, ni âme, Achmet, tu aurais fait un implacable janissaire.

— Grande et vaillante milice ! répondit Achmet, sauvegarde de l'Islamisme, terreur des infidèles, mieux encore : salut de la patrie ! Malheur dans l'autre vie au traître (sultan Mahmoud), qui l'a sacrifié à sa sûreté personnelle.

1. Mademoiselle Marie, l'institutrice.

— Honneur et gloire à celui qui purgea l'empire d'une cohorte de brigands, objecta Pétros, qui ne pouvait se rappeler sans frémir les atrocités de cette féroce milice.

— Si cette vaillante troupe subsistait encore, répondit Achmet, nous n'aurions pas à déplorer le torrent d'infidèles qui inonde Stamboul de toutes parts. Oh ! que n'ai-je la force de Djalout (Goliath) pour débarrasser la ville du fidèle islam d'une meute de chiens [1].

— Il me prend envie de te rouer de coups, dit Pétros, la figure en feu. Race de fanatiques et d'égoïstes, vous rendre service, c'est faire un trou dans la mer.

— Maintenant que tu as les Français sur le Bosphore, reprit Achmet avec un satanique sourire, prends à ton aise des airs de capitan-pacha.

— Achmet, ajouta Pétros, vous serez incorrigibles, jusqu'à ce qu'on vous ait broyé bras et jambes.

— Tuez les infidèles, partout où vous les trouverez, dit l'un des préceptes du livre de la prière, répondit l'autre ; ils sont vos ennemis.

— Chercher à te convaincre, tigre altéré de sang, est chose inutile ; cesse de fumer, et viens

---

1. Telle était l'opinion du peuple et des ulémas (prêtres).

nous aider à ramasser les fruits que l'ouragan a détachés de leurs branches.

Achmet fit un mouvement de tête négatif, et pressa de plus belle le bout du narghilé entre ses lèvres.

— Pourquoi ne veux-tu pas? demanda Pétros.

— Chacun son métier, le mien est de ramer.

— En temps de presse, Achmet, tout le monde doit mettre la main à l'œuvre.

Quelques nuages de fumée traduisaient sa réponse.

— Achmet, reprit Pétros, tu sais que l'intendant est un homme juste et craignant Dieu, il ne néglige donc jamais de signaler à Cocona Elenca les serviteurs empressés et jaloux de sauvegarder ses intérêts.

— Tue-toi pour les autres, Pétros, si tel est ton bon plaisir ; ta femme verra le gré qu'on t'en saura. Peut-être suivrais-je ton exemple, si j'avais cet avantage, mais, Dieu soit loué, la loi du prophète s'oppose à ce que nous nous mettions dans le cas de laisser des orphelins sans ressources. Allah m'est témoin que j'ai toutes les peines du monde à me suffire à moi-même, car il est le sage et le savant.

— Donner un libre cours à ta gourmandise et

à ta paresse sont les seules raisons de ton état
d'égoïste célibataire. Le sentiment de la famille
n'existe pas parmi vous. Je ne sache pas encore
avoir rencontré de Turc envisageant comme un
bonheur le moment de presser dans ses bras les
innocentes créatures qui relèvent le courage
quand il est près de faiblir.

— Ton imagination arpente les champs, dit
Achmet avec son impassibilité ordinaire ; dès
qu'un enfant est d'âge de manger seul et d'aller
d'une chambre à l'autre, il bat sa mère et se joue
de son père.

— Je te répète que le sentiment de la famille
est lettre morte parmi vous, et en peut-il être
autrement ? Ce qui resserre les liens, c'est l'affection constante des époux, le besoin de vivre
ensemble le plus possible, de se concerter mu-
tuellement en toutes choses ; union douce et suave,
qui s'imprime graduellement dans le cœur de
l'enfant. Chez vous, rien de ce qui devrait être,
n'est ; vous vivez séparés de vos femmes, et quand
vous paraissez à l'horizon, c'est pour les traiter
en esclaves. Que résulte-t-il de ce manque d'é-
gards envers la mère de vos enfants, de cette absence de mutuelles caresses qu'il est si bon de
leur prodiguer ? Une sécheresse de cœur énergiquement traduite par la cruauté de vos enfants.

Quoi de plus féroce qu'un petit Turc! ils me font tous l'effet de petits louveteaux [1].

Pour ramollir ton cœur, je veux, Achmet, te conduire un jour chez moi. Oui, je te rendrai témoin de l'empressement de ma femme et de la joie de mes bons petits enfants à la vue de leur père. Vraiment, Achmet, on dirait qu'ils comprennent déjà tout ce qu'ils doivent d'affection et de reconnaissance à ceux qui ne respirent et ne vivent que pour eux.

— Va ramasser des oranges dont tu ne goûteras pas le jus, fut la réponse du fidèle islamite, qui, malheureusement n'est pas un type exceptionnel. Il était ce que sont tous les Turcs dans leurs foyers.

Mais rentrons au kiosque.

Les deux dames sont toujours sur le divan. L'aïeule essuie ses yeux remplis de larmes, tandis que la bonne Elenca met en jeu tout ce qu'un cœur affectueux a de ressources pour calmer son affliction.

— Du courage, bonne mère, ne cesse-t-elle de lui dire; c'est le cœur de l'homme que Dieu

---

1. Rien de méchant et de cruel comme un enfant turc; la haine qu'on leur inspire dès leur plus tendre enfance contre les chrétiens, y contribue beaucoup à notre avis.

sonde, et non les œuvres, souvent indépendantes de la volonté.

— Une promesse faite à un mourant est doublement sacrée, murmura Sophia ; je n'ai pas accompli celle que je fis à ton grand-père au moment de rendre son âme à Dieu.

Nous avons dit qu'ordre avait été donné aux Arméniens catholiques de prendre la route de l'exil. M. de S... avait partagé le sort de sa nouvelle famille, non sans protester au nom du droit des gens, contre une mesure dictée par la bienveillance des « libéraux ». Tous les Grecs ne sont pas en Orient.

Un an après son arrivée en Syrie, M. de S... cessait d'exister.

Énumérer les recommandations qu'un père qui se sent mourir adresse à la mère de ses enfants est de ces choses qu'il faut laisser au cœur le soin d'interpréter. Non, si facile soit-elle, une plume ne saurait rendre cette gravité du moment suprême ; ces derniers épanchements de l'affection, ces regards vers le ciel, solennel rendez-vous des âmes chrétiennes. La seule de ces recommandations expresses que nous voulions noter, était de se défier des mariages mixtes et de ne jamais les tolérer parmi les siens.

Quelques années plus tard, grâce à l'interven-

tion de la France, les familles proscrites re-
voyaient le ciel du Bosphore, doublement beau
quand on l'a quitté sans espoir de retour. Dans
le nombre figuraient la veuve du comte de S...
et ses deux filles, belles non pas « comme un
coucher du soleil par un vent du sud », — style
turc, — mais comme deux touffes de roses de
Philippopolis, dont le suc produit l'essence la
plus renommée de l'Orient.

Il va sans dire qu'elles furent vivement re-
cherchées en mariage; et, chose malheureuse,
l'une d'elles s'obstina à s'unir à un hérétique,
espérant tout de sa beauté et de la pureté de ses
sentiments, pour le ramener à la foi de ses pères.

Calcul faux, ou tout au moins bien hasardeux !
la femme en général subit beaucoup plus l'influence du mari, que le mari ne subit l'influence
de la femme ! Son organisation se refuse à ces
grandes luttes, et sur une qui résiste, mille suc-
combent. Exceptons toutefois les maris dont l'indifférence en matière de religion est à peu près
complète ; les femmes, dans ce cas, ont toujours
le dessus. Tel n'était pas l'Arménien; il était hérétique, et ses enfants le furent ; il tolérait les
« erreurs » de sa femme, sauf à la persécuter,
dès qu'il serait débarrassé d'une belle-mère im-
mensément riche et catholique dévouée.

— Les petits-fils du comte de S..., hérétiques,
reprit l'aïeule. Oh ! c'est par trop triste ! Quel
spectacle, Elenca, que la vue d'enfants issus de
mariages mixtes ! presque toujours ils prennent
le parti de ne croire à rien pour échapper à ce
dilemme : Qui des deux a raison ? est-ce mon père ?
est-ce ma mère ?

Et voilà que le même sort semble atteindre
notre jeune institutrice. Aura-t-elle le courage
de résister aux sollicitudes dont elle est l'objet ?
Le jeune homme qui la recherche est beau, parfaitement élevé, en possession d'une fortune de
plusieurs millions, mais résolu à ne céder devant
aucune considération. Pauvre enfant ! elle si catholique, si pieuse, elle finira, à la longue, par
embrasser le nestorianisme, ou tout au moins par
céder à un de ces mariages dont les suites rem-
pliront sa vie d'une amertume que tout l'or du
monde ne saurait adoucir ! Elenca, j'en suis là.

— Soyez juste avec vous-même, répondit la
bonne Elenca, péniblement affectée de tant de
douleurs. Vous cédâtes malgré vous à ce mariage;
Dieu vous tiendra compte de vos efforts pour
l'empêcher et de la douleur dont il n'a cessé d'i-
nonder votre âme. Combien le mariage de votre
seconde fille, de ma pauvre mère, vous offrit de
compensations ! Les sentiments catholiques de

mon père et son zèle à les propager, sont de ces souvenirs qui sont l'âme de la vie.

Ah ! sans doute, la main glaciale de la mort s'est appesantie autour de nous, et tout dernièrement encore, elle a frappé le père de mes trois enfants. Mais mon Étienne est toujours là, dans ma pensée. La mienne est au ciel où Dieu n'appelle ceux qui nous sont chers, que pour y fixer nos regards, nos espérances et nos désirs.

CHAPITRE III.

Générosité d'une femme turque.

C'est Lui qui guérit les cœurs brisés,
et qui ferme leurs blessures.

(Ps. CXLVI, 3.)

C'est le Seigneur qui a dit : « Venez
à moi, vous tous qui souffrez et qui êtes
accablés sous le poids des malheurs ;
venez, et je vous soulagerai ».

(Saint Matthieu, XI, 28.)

Montons l'escalier de marbre blanc, non sans admirer, en passant, les vases de fleurs qui s'étalent en amphithéâtre, comme pour mettre en relief leurs séduisantes corolles. Le goût du jardinier, joint à l'art du grand Artiste, fait de cet escalier, à notre avis du moins, une des plus souriantes merveilles du monde.

Nous voilà maintenant dans une antichambre, conforme en tous points à celle qui précède. Ouvrons à petit bruit une porte qui se trouve en face. Si nous sommes indiscrets au fond, soyons au moins discrets dans la forme. D'abord, c'est un petit vestibule ; vient ensuite une grande pièce

meublée d'un large et haut divan de damas vert,
de quelques chaises, d'une table surchargée de
livres et de cahiers. Pour le moment, l'apparte-
ment est désert, les hôtes qui l'habitent cinq
heures par jour, se sont envolés en se livrant aux
plus gracieux ébats.

A gauche est une chambre à coucher, en harmonie avec les goûts de la personne qui l'occupe.
Un lit, deux chaises, une table et un divan de
perse à fleurs bleues sur fond blanc, tel est l'a-
meublement. Au chevet du lit, un Christ d'ivoire
accompagne un bénitier, surmonté d'un rameau
de Pâques fleuries.

C'est sur la sainte image du Sauveur que se
fixent les regards d'une jeune femme d'environ
vingt-trois ans, qui est assise sur le divan. Elle
n'est pas belle, et, chose rare, elle n'a pas la
prétention de l'être. Il y a cependant quelque
chose de fortement accentué dans cette physionomie.

Sa figure est inondée de larmes.

Pourquoi? pourquoi encore porte-t-elle à ses
lèvres un nom qu'elle vient de tracer sur une
feuille de papier à lettre? ce nom aurait-il traversé son existence pour la briser? est-ce un souvenir qui vit avec d'autant plus de ténacité qu'on
a recours à mille et mille artifices pour l'étouffer?

Non, non : ce n'est rien de tel ; c'est un nom aussi pur que la rosée de l'aurore, doux comme les étoiles du ciel, consolant comme une prière, suave comme la brise du soir après les étouffements d'un jour d'orage. C'est le premier qu'on bégaie, c'est le nom auquel on a recours après celui de Dieu dans les moments d'épreuve, le seul qui ne trompe jamais. C'est le nom qui fait sourire les anges dans leurs rêves. C'est le nom d'une mère !

« Pauvre mère ! dit-elle enfin ; combien l'exil est cruel loin de toi ! Ton ombre me suit de toutes parts, mais l'ombre, ce n'est pas la réalité : non, ce n'est pas t'embrasser, me presser sur ton cœur, te répéter à tout instant mon thème favori : — Mère, je veux te ressembler, être bonne et pieuse, mais surtout aimer Notre Père qui est dans le ciel, respecter ceux qui tiennent sa place sur la terre, et conserver intacts les principes de foi que tu as semés dans mon jeune cœur ! »

Ce n'est pas une personne inconnue que cette jeune fille ; nous l'avons vue hier interrompre la prière d'Achmet, puis donner des conseils dont le kaïkchi n'avait que faire.

Donner des conseils quand on vous les demande, c'est risquer gros jeu ; mais les donner sans question préalable, c'est aller tête baissée dans un piége de rancune et de mauvais vouloir.

Achmet lui a répondu en vrai Turc : « Les conseils des femmes ne sont bons que pour les femmes, mais leur argent vaut celui d'un padicha ».

Dieu soit loué ! Dans notre intelligente Europe, les femmes sont considérées différemment : elles sont la base de la famille, sans laquelle, — que certains génies le veuillent ou ne le veuillent pas, — il n'y a point de salut. Que d'hommes retirés du danger par une douce et chaste main de femme !

Comment cette jeune personne se trouve-elle en Orient. Qu'y fait-elle ?

Les événements qui ne calculent pas toujours ce qui convient ou ne convient pas l'ont conduite jusqu'au Bosphore, pour y faire l'éducation des trois enfants de madame Elenca, et jamais éducation ne pouvait être confiée en meilleures mains. Grâce aux sérieux enseignements d'une mère chrétienne, l'éducation pour elle est un apostolat. Oui, faire germer dans le cœur de ses élèves des principes qui sont le fondement et la lumière de l'existence, est sa seule ambition ; développer l'intelligence de ses élèves au profit du prochain et de leurs âmes, telle est sa gloire.

Une de ses proches parentes, une fille de Saint-Vincent-de-Paul, supérieure de l'hôpital français, lui avait trouvé cette position.

Cette jeune fille d'une nature vive, ardente, enthousiaste, trois choses, disait-elle, qui auraient fait le malheur de sa vie, sans les constants efforts de sa mère à les diriger dans la voie du Seigneur, ne se plaignait jamais, ni ne plaignait jamais personne; en revanche, impossible à elle de trouver un instant de repos, qu'elle n'eût séché les larmes dont le malheur use la source.

Son cœur s'unissait au chant des oiseaux, se balançait au souffle de la brise, ondulait avec les flots argentés de la mer, et suivait les courbes de la voûte céleste.

Je l'ai beaucoup connue : un trait la dépeindra parfaitement.

— Vous êtes incroyable, lui dis-je un jour.

— A quel propos, répondit l'institutrice?

— C'est que vous ne voyez rien comme le commun des mortels.

— Sans doute, dit-elle en riant : je ne sacrifie rien aux petits intérêts de ce monde; ils balancent par trop la prépondérance de la conscience qui nous crie toujours : *Sursum corda!*

— Vous cousez, avec une vivacité qui m'étonne.

— Je ne vois pourtant pas qu'il y ait là de quoi s'étonner. Cette qualité est féminine au superlatif, et je tiens à mon sexe comme si Dieu m'avait demandé mon avis. Du reste, je travaille aujourd'hui avec d'autant plus d'ardeur que demain je vais être marraine.

— Décidément, vous finirez à la longue par être la marraine de tous les marmots français de Constantinople.

— Quoi de plus naturel! don Alonso, répondit-elle : nous sommes tous des enfants de la France ; et c'est loin d'elle qu'on acquiert cet esprit de fraternité entre compatriotes, qui fait tant de bien et au cœur et à l'âme. Cette fois, cependant, c'est d'une turque qu'il s'agit, et d'une turque de Brousse.

— D'une turque! m'écriai-je ; le fait est aussi étrange que nouveau.

— C'est toute une histoire.

— Vous piquez ma curiosité.

— Me voilà prête à vous satisfaire, à condition, bien entendu, que mon travail n'aura pas lieu d'en souffrir. Notez bien qu'un Français y joue un très-beau rôle. Je crois aussi devoir vous prévenir que les digressions sont familières à la causerie, qui s'illumine de ses foudres et de ses éclairs, sauf à revenir vers notre sujet. Nos transitions, à nous, seront des récits touchants et véridiques.

— J'écoute.

— Il est probable qu'il vous souvient du voyage que nous fîmes l'année dernière à Brousse, char-

mante ville turque, où l'air est excellent et les
bains encore meilleurs. Le gazon, les arbres et les
fleurs y croissent avec une puissance de végéta-
tion qui charme la vue et épanouit le cœur. Et
vous qui connaissez mon enthousiaste admiration
pour l'œuvre divine, jugez un peu quels étaient
mes transports et mes élans, au milieu des champs
du bon Dieu. Quelle aisance et quelle fierté ont
là les plantes! Leurs bourgeons élancés vers les
cieux ne s'inclinent vers la terre que pour mourir.

— Je vous répète que vous ne voyez rien
comme le commun des mortels, dis-je à l'institutrice en souriant de son exaltation.

— Je vous réponds, don Alonso, que le commun
des mortels se voile à dessein la face; ils crain-
draient en s'émerveillant du ciel de compromettre
le « cher bien-être » de la terre.

Brousse, vous le savez, possède une immense
fabrique de soieries où sont employés bon nombre
d'ouvriers français; et, dans ce nombre, il en est
dont la conduite est désolante.

Souvent j'apercevais dans nos promenades, au
crépuscule, un homme donnant la main à un enfant d'environ trois ans, suivi d'une femme turque
dont les yeux accusaient une beauté qu'on ne
retrouve guère que parmi les femmes du sérail.

— Si le reste de la figure est en harmonie, me

disais-je, ce doit être un chef-d'œuvre. Cet homme
me regardait souvent à la dérobée, et toujours les
doux accents de la langue française semblaient
charmer son oreille. A dater de ce moment, étu-
dier sa physionomie et ses faits et gestes fut une
de mes préoccupations. D'abord, il me parut caresser son enfant avec des démonstrations de
tendresse complétement étrangères aux islamites;
ensuite, sa démarche n'avait rien de commun avec
la nonchalance turque; enfin le jeu de sa physionomie et sa vivacité à relever un jouet que l'enfant
jetait à terre à tout instant, ne me laissèrent plus
de doute. C'est un Français, me dis-je, et la femme
qu'il promène me prouve encore que c'est un renégat.

— Comme vous êtes préoccupée? me dit dans la
soirée madame Hélène. Pourquoi donc? Qu'avez-
vous fait de cette gaîté qui s'altère si rarement?

— Mon âme est triste, bien triste, madame;
cet homme que nous rencontrons tous les soirs à
la promenade, ne peut être qu'un Français qui a
renoncé à la foi de son baptême; c'est un renégat.

— Pourquoi, reprit la bonne Elenca, vous mettre
en tête de pareilles idées? Qui vous prouve qu'il
soit Français? N'avons-nous pas assez de malheurs
réels, sans battre la campagne pour en trouver
d'imaginaires?

— Plût au ciel! m'écriai-je, que ce fût une fantasia de ma pauvre tête! c'est malheureusement une poignante réalité. Je suis Française, madame; donc tout ce qui regarde mes compatriotes a droit de m'attrister ou de me réjouir. A demain, du reste, la vérification du fait.

Le lendemain, à la même heure, l'homme était là, et comme d'habitude, il jeta sur moi un regard empreint d'une profonde tristesse. Je me sépare instantanément de ces dames, je m'approche et je me prends à caresser l'enfant, qui se laissa faire volontiers; je fais mes compliments à la mère, et enfin je m'adresse au père.

— Aurez-vous l'obligeance, dis-je, de me décliner le nom de cette mosquée?

Il baissa la tête, ses yeux se remplirent de larmes et ma demande resta sans réponse.

C'est bon signe, pensais-je : poursuivons.

— Je sais par cœur votre histoire, repris-je vivement émue, mais vous n'ignorez pas que notre Maître à tous pardonna à saint Pierre, qui pourtant l'avait renié trois fois. Imitez-le dans son repentir, et votre cœur, je le vois, sera soulagé du terrible poids qui l'oppresse.

— Qu'as-tu, Réchid? demanda sa femme en voyant de grosses larmes s'échapper de ses yeux. Que te veut cette infidèle? Pourquoi te fait-elle pleurer?

— C'est ma compatriote, répondit Réchid ne pouvant maîtriser un sanglot.

Les larmes de la mère et de l'enfant se confondirent avec les larmes du père, et je ne sais quel bien-être s'empara de moi.

— J'y suis, repris-je; la beauté de cette femme vous a séduit, et pour la posséder, les Turcs n'admettant pas les mariages mixtes...

La jeune institutrice resta un moment silencieuse.

— Les Turcs, ajouta-t-elle, n'admettant pas les mariages mixtes, vous vous êtes fait Turc?

— C'est cela, répondit-il, avec l'accent d'une vive douleur.

— Encore une question : cette femme vous est-elle réellement attachée? Si oui, il ne tient qu'à vous d'en faire une chrétienne .. Et votre enfant, malheureux !...

Le visage de Réchid s'assombrit; mes derniers mots semblaient l'avoir anéanti.

— Vous demandez l'impossible, dit-il après une assez longue pause. Puis-je de sang-froid vouer ma femme et mon enfant à une mort certaine?

— Si vous restez à Brousse, où vous êtes connus, oui; mais si vous venez à Constantinople, Dieu et mon bon vouloir aidant, je saurai vous soustraire au péril qu'à Brousse vous avez tout lieu de redouter. Voilà mon adresse.

Imaginez-vous combien j'étais heureuse en allant retrouver ces dames; je sentais que trois âmes étaient en voie de revenir au Père qui est dans le ciel.

Six mois après, le bon et catholique Pétros frappait à ma porte.

— Cocona Mériem (mademoiselle Marie), dit-il, un Turc, une Turque et un enfant, beau comme un petit Jésus de cire, demandent à te parler. Veux-tu les recevoir.

Ce sont eux, murmurai-je. Soyez béni, mon Dieu, d'exaucer les vœux et les prières de tant de bonnes âmes qui ont intercédé auprès de vous en leur faveur!

— Sers de chambellan, répondis-je à Pétros, introduis le Turc, la Turque et surtout le bel enfant. Cela fait, tu iras réciter cinq *Pater* et autant d'*Ave* devant une image de notre commune Mère.

— Oh! c'est vous, m'écriai-je en les voyant; soyez mille fois les bien venus. Je serrai la main du mari, et par un mouvement d'instinct, je détachai le yachmak (voile) de la jeune femme; et me voilà embrassant cette Turque avec une affection qui vous aurait attendri, tout sceptique que vous êtes. Vous vous étiez sauvé à Smyrne, don Alonso, où vous avez fait merveille, m'a-t-on dit.

Il est vrai que vous faites l'étalage de votre scepticisme avec tant d'esprit, qu'on vous passe volontiers ce travers.

— En vérité, demandai-je, est-ce que dans la patrie de saint Polycarpe, les défauts déclinés avec esprit seraient mis au rang des belles qualités?

— Pour l'instant, votre digression est un hors-d'œuvre, dis-je en souriant, à mon intéressante conteuse, il se peut bien que j'aie fait merveille à Smyrne; mais ce n'est pas là que j'en voudrais faire.

— Chut! fit-elle de ce ton doux et fier qui commande le respect.

Et la jeune fille resta de nouveau pensive.

— Vous aurais-je blessé? lui demandai-je vivement, j'en serais au désespoir.

— Non, mais, à propos de Smyrne, un triste souvenir, avec son attirail de sombres lueurs, s'est glissé dans mon âme. Il s'agit du marché aux esclaves. Quel spectacle! des femmes groupées çà et là, ayant pour tous vêtements de méchantes couvertures d'une propreté plus que douteuse. À l'extrémité du marché, des cages à peu près semblables à celles où l'on enferme chez nous les bêtes féroces. Non, impossible à moi de retracer ce que j'ai souffert! Ce jour-là, j'ai maudit ma pauvreté, j'ai envié la fortune de Crésus, j'aurais voulu racheter ces malheureuses créatures issues, enfin, comme nous, d'une commune souche.

— A quoi bon vous faire tant de mal? me dit, à cette occasion, une belle dame de Smyrne; tout dans le monde est subordonné à l'habitude; elle est tout, croyez-le bien.

— En supposant, madame, repris-je vivement, qu'à l'instar des Romains, vous classiez les esclaves au rang des « choses », mais ces « choses-là » ont la faculté de souffrir, et tout ce qui souffre a droit à notre compassion.

Bientôt arrivèrent les acquéreurs; et quelle ne fut pas ma consternation..... non, ma rage! d'apercevoir un gros Arménien hérétique (les catholiques ne font pas ce trafic de chair humaine) s'approcher d'un groupe, tenant un fouet à la main.

— Qu'en veut-il faire? m'écriai-je hors de moi; s'il a le malheur de toucher ces infortunées, je suis dans le cas de m'élancer sur lui comme une tigresse.

Hélas! trois fois hélas! j'eus la douleur de voir le maudit instrument fonctionner sur des corps complétement nus. On m'éloigna plus morte que vive, de ce spectacle blessant à la fois les droits de l'homme et le respect dû à l'humanité.

Ce jour-là, j'ai versé, non de ces larmes qui régénèrent nos forces, mais qui calcinent le tissu de nos lèvres quand elles y tombent. Vous voyez que j'en ai versé de plus d'une espèce ; cette fois, c'était de la sueur de sang.

Revenons à notre Réchid.

— Ma femme mérite vos bontés, dit-il, ému jusqu'aux larmes, en me la voyant embrasser. Alidé vaut mieux que moi.

Elle n'a pas grand'peine, pensai-je, et pourtant à tout péché miséricorde.

— N'est-ce pas qu'elle est bien belle ? reprit Réchid, et toutefois qu'est son visage auprès de son cœur ?

Un soir, peu après votre départ de Brousse, tyrannisé par les remords, impitoyables mais justes bourreaux, je sentis le besoin de réciter le *Memorare*, prière qu'on ne dit jamais en vain, quand la bouche interprète les sentiments du cœur. Alidé s'en aperçut :

— Tu n'es donc islamite que pour la forme ? me demanda-t-elle, je viens de te voir faire le signe des chrétiens.

Me jeter à ses pieds, fondre en larmes et lui avouer la cause et le mensonge de mon apostasie, fut l'affaire d'un instant.

Relève-toi, dit-elle avec une bonté que j'ap-

pellerais bonté d'ange, si elle était chrétienne.
Eh bien! puisque tu as tout quitté pour moi, je
veux tout quitter pour toi.

— Pourquoi alors, reprit Mlle Marie, attendre
six mois? Il fallait prendre seulement le temps
de plier bagage et m'arriver il y a cinq mois!

— Seul, c'eût été facile, mais avec femme et
enfant que d'obstacles à vaincre et à surmonter,
reprit Réchid. Enfin nous voilà, confiants dans
votre pieuse et charitable promesse.

— Et vous avez raison. Où êtes-vous logés?

Le mince bagage des voyageurs était encore
à bord; leur pauvre estomac en était à un modeste déjeuner pris à huit heures du matin; il
était trois heures de l'après-midi. J'écrivis quelques lignes à Mme Hélène. Un quart-d'heure
après une table était dressée dans la salle d'é-
tude, où rien ne manquait pour satisfaire un
vaillant appétit.

Bref, de saintes âmes, dont il faut taire les
noms par mesure de prudence, se sont chargées
d'Alidé et de son fils; quant au père, nous l'a-
vons d'abord fait rentrer en grâce devant Dieu,
puis nous lui avons trouvé un emploi chez un
négociant arménien.

Que j'ai ri de l'étonnement et de la gêne de
ma belle Alidé, une fois sa figure au grand air,

une fois enveloppée de vêtements à l'européenne !
Il lui semblait que tout le monde avait les yeux
fixés sur elle lorsque j'étais seul à goûter ce plaisir.

— Ces habits te vont à ravir, lui disais-je;
mais, Alidé, tu étais née pour être chrétienne.

— Je m'y habitue, répondait-elle ; mais quoi
de plus gênant qu'une robe européenne ?

Quoi de plus gênant, pensai-je à mon tour, que
le costume des femmes turques. Oui, monsieur
Alonso, le dimanche gras de l'année dernière, il
prit fantaisie à la nièce de Mme Elenca de m'affubler et de s'affubler d'un large pantalon de
satin rose, d'une pointe de cachemire nouée à la
taille, d'une veste de velours gros bleu, brodée
d'or et de perles fines, de l'antérie, espèce de
tunique ouverte sur la poitrine, à manches longues et tombantes, à queue de manteau de cour,
et enfin de ceindre mon front d'une auréole de
rubis.

— *Pec guzel ! pec guzel !* (très-beau) s'écria-t-on
de toutes parts à notre majestueuse et brillante
entrée au salon.

— Si ce n'est pas probable, c'est peut-être
possible, répondis-je; toujours est-il que me
voilà fatiguée de courir après des babouches que
j'ai la disgrâce de ne savoir pas traîner.

Alidé a répondu à nos efforts ; elle connaît les

4

points essentiels de notre sainte religion ; elle est pieuse bientôt comme un ange, et demain, s'il plaît à Dieu, la mère et l'enfant seront chrétiens et cohéritiers de la gloire.

— Quels noms leur donnez-vous ? demandai-je à l'institutrice.

— Mais cela va sans dire, Marie sera le nom de ma chère filleule, et Joseph celui du filleul de Mme Hélène.

N'est-ce pas, poursuivit-elle : que j'ai bien choisi ? La Vierge Marie, c'est le grain de froment pur d'où sont sorties toutes les moissons du Bon Vouloir eucharistique. — Saint Joseph, c'est le juste, le juste craignant Dieu.

Mon histoire est à sa fin, et mon ouvrage aussi, dit-elle. A demain l'heureux jour. Mais aujourd'hui, cette jeune fille, si gaie, si impressionnable, est en ce moment assise à l'angle d'un divan, un buvard sur ses genoux, écrivant à sa mère. De grosses larmes roulent dans ses yeux, pures comme le sentiment d'amour filial qui du cœur les fait affluer aux paupières, pour retomber sur une main pâle et amaigrie.

Combien j'aime à me rappeler les sentiments de gratitude de cette jeune fille, s'oubliant toujours pour songer aux autres!

Ce qui distingue ma mère, don Alonso, nous

disait-elle parfois, ce n'est pas, Dieu soit loué, ce qu'on appelle esprit dans le monde. Les gens d'esprit, vous le savez, font les sottises, tandis que les sots se bornent à les dire. C'est un sens droit, le sentiment de ses devoirs d'épouse et de mère poussé à un point qui, dans mon enfance, faisait souvent mes petits supplices. Selon ma mère — inutile de vous dire qu'aujourd'hui je suis de son avis — le désœuvrement est la chose qui contribue le plus à développer des défauts qu'un travail assidu et bien réglé tiendrait en respect.

Quand le malheur aussi m'est venu visiter, il m'a trouvée inattaquable. Je savais travailler, j'avais l'amour du travail : j'étais plus forte que le malheur.

Laissons notre jeune institutrice verser dans le cœur de sa mère ses chagrins du moment, et traversons le Bosphore, grâce aux ailes de l'esprit, qui franchit tout, qui mesure tout, et que rien ne mesure. Deux personnages appellent toute notre attention : Pétros et Achmet.

La mer, hier si mugissante, si effrayante, est aujourd'hui légèrement ondulée, calme et douce comme le roucoulement des colombes. Des kaïques la sillonnent de toutes parts ; ils passent si

alertes et si agiles, que l'intrépide rameur lé-
vantin ne semble fouetter l'eau que pour soulever de gracieux murmures. Sautons lestement
du large trottoir du jardin de Yeni-Keui, dépen-
dant de l'Europe, dans un kaïque semblable à
une côte de melon creusée au milieu, et que sur-
montent deux cornes dorées. Glissons-nous, en
quelque sorte, sur cette nappe d'eau, aux teintes
célestes, et une fois arrivés à mi-partie du détroit, admirons la courbe pavoisée de villages qui
relie la mer Noire à la mer de Marmara.... Nous
sommes en Asie !

Le village où nous débarquons a pour nom
Kandili ; il est peuplé de Turcs et d'Arméniens
hérétiques, aussi peu enthousiastes du progrès
moderne que peu jaloux de coopérer à l'embellissement de l'œuvre divine de la création.

Les bords de la mer sont pourtant beaux !
Quelques prairies, des chênes séculaires, plantés
sans doute avant la prise de Constantinople,
offrent de délicieux ombrages aux Européens de
la rive opposée. Sous l'un de ces vieux et nobles
chênes s'ombragent Sophia et sa petite fille
Elenca, heureuses de la gaieté des enfants qui
courent à travers les champs et les prairies.

Plus loin sont étendus les kaïkchis, Pétros et
Achmet, le franc catholique et le fanatique isla-

mite. Cachons-nous derrière un arbre et prêtons l'oreille à leur curieux entretien.

— Qu'as-tu, Achmet? dit Pétros, tu es triste comme un soir d'orage; si c'est le narghilé qui te manque, je t'en vais chercher un au café voisin, mais, pour Dieu, fais-moi une autre figure : des jets de flammes s'échappent de tes yeux.

Achmet poussa un soupir à briser son âme.

— Bah! tu tournes et retournes quelque chose dans ta lourde tête, répondit Pétros. Voyons un peu, sont-ce les beaux uniformes des troupes françaises qui t'incommodent? Sont-ils pimpants et joyeux nos frères de France? Ils sèment la joie et les rires partout où ils posent les pieds. Vive la France! s'écria Pétros avec tout l'enthousiasme d'un cœur catholique.

— Les mécréants! murmura Achmet, en poussant un nouveau soupir.

— Achmet, reprit vivement Pétros, mesure tes paroles quand il s'agira des Français ; quant aux Anglais, traite-les comme bon te semblera, peu importe.

— Pour le quart-d'heure, il s'agit d'Anglais, dit Achmet, devenant de plus en plus sombre ; quelle abomination!.... Venir à Stamboul pour outrager la morale publique!...... *féna! féna!* (affreux).

4.

— Je ne sache pas, Achmet, qu'ils aient outragé la morale publique. Évidemment, tu as fumé du hatchi [1] d'une qualité inférieure à celui qui transforme les dents du beau sexe en pétales de marguerites, les lèvres en calices de roses, les yeux en rubis, et le nez en turquoises.

Achmet fit un mouvement de mépris ou haussa les épaules.

— Par mon patron saint Pierre, exclama Pétros, je ne parle que d'après tes propres hallucinations. Vrai! Achmet, tu me fis cette tirade poétique, il y a tout au plus un mois.

— J'avais fumé du hatchi à mon insu; et c'est encore la Française qui m'a joué ce tour; mais Dieu est savant et sage.

— En quoi les Anglais ont-ils outragé la morale publique? demanda de nouveau Pétros.

— Sache que jeudi dernier, à pareille heure, terrible heure! un arabat (voiture) traversait l'un des ponts qui relient Galata à Stamboul, quatre femmes l'occupaient, non sans être escortées de quatre eunuques. Six matelots anglais traversaient le pont en même temps, la raison noyée dans le vin, et ni plus ni moins, ils arrêtent l'arabat, oh! malheur, et s'arrogent le droit de complimenter des croyantes.

1. Espèce de pâte composée de substances enivrantes.

— Que faisaient les eunuques dans l'intervalle? demanda Pétros avec une rare envie de rire.

— Les lâches, murmura sourdement Achmet, ils restèrent campés sur leurs selles, sans mot dire. Ils méritent la mort. Quant aux femmes, si elles avaient eu le moindre sentiment d'honneur, elles se seraient englouties instantanément dans les flots.

— Tu n'y vas jamais de main morte, Achmet, dit Pétros, car si, pour une faute involontaire, il fallait s'engloutir dans les flots, l'espèce humaine serait bientôt près de finir.

— Des hommages d'infidèles! exclama Achmet, et vouloir survivre à honte pareille, *féna! féna!*

— A ton avis, le péché serait moindre, s'il s'agissait de Turcs, mais comme il s'agit de chrétiens, c'est hideux. Sois franc, une fois dans ta vie, Achmet, et dis-moi si tu as été aussi sévère envers toi qu'envers les autres, quand Eblis t'a suggéré semblable tentation?

— Jamais, répondit Achmet, il ne m'est arrivé d'outrager la morale publique.

— Ce grand mot de morale a son côté plaisant dans ta bouche, observa Pétros; mais, à vrai dire, la morale turque est diamétralement l'opposé de la morale des peuples civilisés.

De fait, Pétros disait vrai. Là, une femme
montrant son visage commet un crime; mais
qu'elle tienne des propos d'une morale plus que
douteuse, rien de plus naturel; qu'un Turc ou
une Turque se divorcent six fois par an, c'est dans
l'ordre; mais qu'une croyante ose regarder un
homme autre que le mari du moment, les flots
seuls de la mer peuvent laver l'outrage fait à la
morale publique.

La polygamie, ce fléau des nations, quand une
fois elle fait partie des lois, des mœurs et des
habitudes, tue la famille à sa base. La prospérité
des empires réside dans l'intégrité des familles.
Qui étend insensiblement dans la tombe ce corps
tombé en décrépitude qui s'appelle la Turquie?
C'est la polygamie, tandis que la monogamie, en
ouvrant un vaste horizon à la femme, maintient
cette intégrité de la famille, sans laquelle il n'y
a point de salut pour les sociétés.

— Ces femmes ne peuvent pas survivre à leur
honte, murmura encore Achmet; non elle n'ont
pas montré ce dégoût ou cette répugnance que
doit inspirer tout infidèle; elles ont ri, au contraire, en voyant les Anglais s'approcher du mar-
chepied de l'arabat, et ces rires méritent la mort.

— Il ne vous suffit pas, tigres altérés de sang,
d'avoir assassiné deux matelots, à la suite des

susdits compliments! Ah! combien peu vous connaissent les gens qui parlent de vous civiliser! il faudrait d'abord anéantir le koran et faire des ulémas ce que fit le sultan Mahmoud des janissaires.

Achmet jeta un regard de panthère sur Pétros, s'approcha d'une fontaine, tourna le robinet, se lava pieds, mains, bras et visage, puis se tourna vers l'Orient. Le croyant se frappa la poitrine en appelant les malédictions de l'Éternel sur la race des mécréants. Cela fait, il alla rejoindre Pétros et s'écria :

— Le juste et l'instruit Allah nous vengera.

En effet, bientôt après la guerre de Crimée, arrivaient les massacres de Syrie.

— Je te conseille, dit Pétros, de manifester ta rage contre les chrétiens. Qu'en serait-il de votre Bosphore sans eux, sans ce qu'ils ont fait et font pour l'embellissement de ces coteaux qui, dépouillés de leurs jardins, seraient d'autant plus tristes que la nature s'est plu à leur prodiguer ses plus chères faveurs? Va, si nous étions les maîtres, nous n'aurions pas laissé ce plateau qui se déroule dans le lointain beau et triste à la fois, sans le revêtir d'arbres, de gazon et de fleurs.

— Si cela n'est pas, dit Achmet, selon son habitude, c'est que cela ne doit pas être.

— Mais, imbécile! s'écria Pétros, les choses ne se font pas d'elles-mêmes; il faut bien que quelqu'un les fasse. Aide-toi, dit le proverbe, et Dieu t'aidera.

— Nos pères ont jugé à propos de n'en rien faire, répondit tranquillement Achmet.

— Faites-le pour vos enfants, ajouta l'autre de plus en plus animé.

— Nos enfants feront comme nous, ils s'en passeront, riposta le kaïkchi, avec autant de flegme que l'autre y mettait d'animation.

— Vous devriez, pour être conséquents avec vos principes, ne pas bâtir de mosquées, ne vous pas préoccuper du pain du lendemain; et surtout, Achmet, tu ne devrais pas interrompre ta prière, et courir à te rompre les jambes, quand on t'apprend qu'une pièce de tes vêtements est en danger.....

Notre bon et vif Pétros parlait en vain; les Turcs s'aiment autant qu'ils aiment peu les autres. S'ils construisent des mosquées, c'est qu'un intérêt personnel s'y rattache: le paradis aux fleuves de lait et aux pavillons de nacre.....
S'ils se préoccupent du pain de chaque jour, c'est que leur estomac fait partie intégrante de leur personne. Toujours la personnalité, et rien que la personnalité !

Un jour d'été, nous racontait naguère un de nos amis, je fus pris au grand bazar de Stamboul d'une soif ardente.

— Veux-tu bien m'indiquer une fontaine ? demandai-je à un Turc dînant sur son comptoir.

Pas de réponse.

— Je meurs de soif.

Même silence.

Je m'adresse à un sourd-muet, me dis-je en tournant les talons, mais peu après j'entendis : Eh ! yaour, yaour ! Mon Turc enfin desserrait les dents, et aussi grave qu'un capitan-pacha, il me tint ce langage :

— Si je me suis abstenu de répondre à ta question, c'est que j'ai pour habitude de ne me jamais déranger quand je dîne. Et maintenant que j'ai fini, tu as là-bas une fontaine à ton service.

— De cette façon tu aurais préféré me voir mourir que de te déranger ?

— Et que m'importait, alors même que tu fusses mort ? fut sa réponse.

Qu'ajouter à tant d'égoïsme ? sinon prier Dieu d'éclairer ces aveugles.

— Les tristes gens que vous faites ! poursuivit Pétros, votre vie n'est qu'un accès de rage contre les chrétiens, qu'un tissu de blasphèmes dont le mot de yaour est le commencement et la fin.

— Chien de chrétien, tu me romps la tête, répondit ironiquement Achmet.

— Malheureux ! s'écria l'autre, qui te soigne quand tu es malade, sinon des chrétiens et des chrétiennes? Si tu attendais tes frères en religion, il te faudrait attendre longtemps ou tout espérer de « ce qui doit arriver arrivera ». En somme, il y a tout au plus huit jours que je t'ai vu t'en aller trouver la *marabet* de l'hôpital français pour un léger mal de tête.

— Parce que cela m'a plu, ajouta l'aimable Achmet.

— Et l'hiver dernier, il te plut encore de t'aller faire soigner un panaris, au dispensaire de ces bonnes âmes, bien qu'elles soient archi-chrétiennes. Si, au moins, tant d'abnégation, de charité, d'amour envers le prochain, quel qu'il soit, pouvait toucher vos cœurs ! Mais, non, vous êtes sans ressources, rien ne vous touche !

— Quel malheur, dit Achmet, comme se parlant à lui-même, que ces femmes soient infidèles, vouées aux flammes de l'enfer, alors qu'elles soignent si bien les fièvres et les panaris !!!

— Vieux fou ! exclama Pétros, remercie la Providence qu'elles soient chrétiennes; Turques, elles seraient reléguées dans les harems, à la merci d'un maître capricieux et jaloux; elles ne seraient pas le soutien du pauvre, de l'orphelin. Si tu savais, Achmet, combien est douce, suave et belle notre sainte foi catholique, combien elle verse de consolation dans les cœurs aux heures d'angoisse, non, tu n'hésiterais pas un instant à te faire chrétien.

Quoi de plus touchant qu'un Dieu se faisant homme, passant par toutes les phases de notre pauvre nature, pour être le modèle à suivre à chacune d'elles, l'espoir et la consolation à l'heure de la mort !

Je te contredis à chaque instant, Achmet, et, cependant, tu m'inspires une pitié profonde. Je voudrais te voir meilleur, charitable, moins préoccupé de ta personne. Oui, tous les soirs, je prie le Père des miséricordes de toucher ton âme, afin de te revoir au séjour de la gloire.

— As-tu fumé du hatchi? demanda Achmet, avec une certaine stupeur. Pétros, si je déteste moins les marabets que les autres yaours, c'est qu'il est à croire qu'Allah et Mohammed, son Prophète, les ramèneront dans la voie droite, en vue du bien qu'elles font aux croyants. Elles soignent si bien les fièvres et les panaris! répéta de nouveau Achmet, la face tournée vers l'Orient.

Mais Pétros ne l'entendait plus ; sa simple et

5

belle âme suivait les teintes azurées du ciel au déclin d'un beau jour.

Pétros, le modeste batelier, n'est point un homme au-dessus de sa condition, comme le disent les vaniteux de la terre. C'est un cœur juste et aimant Dieu, et de son amour découle son saint enthousiasme pour les œuvres de la foi.

— Voyez, nous disait-il un jour, en nous montrant le ciel, alors que ses bras soulevaient des vagues, combien cette courbe est belle! Des draperies d'un bleu plus foncé semblent s'en détacher et s'entr'ouvrir au gré d'un vent léger comme pour nous montrer le vestibule de la véritable patrie!

— Où, il faut l'espérer, nous nous retrouverons un jour, Pétros? lui répondîmes-nous, profondément émus; où tu ne rameras plus, où tu goûteras les récompenses d'un cœur bon et fidèle.

Quittons la côte d'Asie, d'où nous apercevons les lugubres cyprès du grand champ des morts se refléter sur la mer qui, pour nous servir d'une expression de Mlle Marie, semble roucouler entre les blancs jasmins, les roses de Bengale et les orangers en fleurs. Regagnons la côte d'Europe où nous attendent des amis dont le cœur est en peine.

CHAPITRE IV.

Le naufrage et ses suites.

> La fortune des riches, la gloire des
> héros, la majesté des rois, tout finit par
> « Ci-gît » ; des peines à souffrir, des biens
> qu'il faut laisser, tel est l'inventaire exact
> de la vie, et la poussière en poussière est
> le terme de toutes les grandeurs humaines.
> (YOUNG, *les Nuits.*)

Hier jeudi, jour de congé, la vaste pièce au
divan de damas vert (un divan turc fait le tour
de la pièce) et la table surchargée de cahiers et
de livres, était déserte. Les jeunes oiseaux de
cette jolie cage s'étaient envolés en Asie, jouant,
courant, sautant en pleins champs, animés de
cette gaîté inhérente à leur âge, et qui ramène le
sourire sur les lèvres les plus décolorées.

Quoi de plus gracieux que les enfants ? Où
trouver un tableau plus attendrissant que la vue
d'un vieillard blanchi par les années, souriant
aux caresses d'un innocent qui, à son tour, sourit
à l'existence ? Quelle enchanteresse que leur
innocence ! Purs comme au sortir de la main de

Dieu, tout en eux semble nous dire : « L'avenir du monde, c'est nous ».

Ces oiseaux charmants n'étaient autres que deux gracieuses petites filles, l'une âgée de douze ans, l'autre entrant à peine dans sa onzième année. Irène était le nom de l'aînée, déjà grande pour son âge et sérieuse comme une sœur aînée qui remplace auprès de ses jeunes frères la mère que la Providence leur a enlevée. Zoé était l'opposé de sa sœur ; mince et svelte, elle courait comme une gazelle, sautait comme un chevreau, jacassait sans cesse, et, chose étrange, souvent avec à-propos, et riait de tout avec esprit ; espiègle jusqu'au bout des ongles, elle animait à elle seule l'immense verger aux sombres allées de mûriers.

Madame Sophie, chez laquelle un veuvage de cinquante ans n'avait pas altéré le souvenir du comte de S..., répétait à tout instant, avec cette satisfaction que nous éprouvons tous à retrouver dans nos enfants les traits qui nous sont chers : C'est le portrait vivant de son aïeul ; elle est Française des pieds à la tête ; aussi ne l'appelle-t-on plus que la petite Française, pour la distinguer de Mlle Marie.

Écoutons cette enfant.

— Irène, dit-elle à sa sœur, tu es vraiment si

rieuse comme une *validè sultane* (mère du sultan). L'envie de faire de ta personne une femme savante se fait jour par tous les pores, tandis que mon désir de ne rien faire se montre suffisamment à mon envie de bâiller ?

— Ce n'est pas du tout pour devenir une femme savante que je travaille, répond la grave Irène, mais afin d'acquérir les connaissances indispensables, quand on est appelé à occuper une position dans le monde.

— Que le bon Dieu te bénisse ! Je te dis, Irène, que tout dépend des conventions établies ; et, par exemple, ne pourrait-on pas écrire et parler français sans y mêler une foule de règles qui ne font que briser la tête ? Oui, la grammaire française est l'art d'embrouiller.

Et Zoé se mit à danser devant la table en fredonnant un air de ronde.

La porte de la chambre à coucher s'ouvre, et l'institutrice apparaît.

— Zoé, dit-elle, les heures d'étude sont faites pour travailler, non pour jouer ; que je ne vous entende plus. Où est la personne chargée de vous surveiller après vos heures de classe ?

— Elle fait des adieux à sa besogne, répondit la jeune fille en montrant du doigt une grosse Arménienne qui dormait sur un coussin.

— Ah ! continua Zoé, quand Mlle Marie fut
rentrée dans sa chambre, s'il s'agissait de
Youzouf (Joseph), mademoiselle serait moins sévère. Ferait-il du bruit à réveiller les gens à dix
lieues à la ronde : Sois sage, petit ami ; viens,
mon petit homme ; voilà tout ce qu'elle lui dirait.
Le « petit homme, sois tranquille », apparaîtra
bientôt à l'horizon. T'expliques-tu, Irène, que
mademoiselle soit aussi faible avec Youzouf que
sévère avec nous ?

— Mais, Zoé, rien de plus naturel ; elle a sauvé
la vie à notre petit frère qui, au surplus, est doux
comme un agneau.

— Il est écrit, — style turc, — que je n'aurai
jamais raison, répondit Zoé, en allant faire de
profondes révérences à la personne endormie :

Dors en paix, dit-elle ensuite, bien portante
Euphémie ; tu nous surveilles sans épuiser tes
forces.

Le petit Youzouf occupait, en effet, une large
place dans le cœur de notre jeune compatriote ;
elle avait reporté sur cet enfant toute l'affection
dont son cœur était capable. Une circonstance
pénible avait cimenté, il est vrai, cette mutuelle
expansion ; car nos meilleurs sentiments datent
toujours, ou d'un pressant danger, ou d'un profond malheur.

Comme tous les enfants, ce cher petit aimait beaucoup la pêche. La vue de milliers de poissons rasant le trottoir le rendait entreprenant. Tous les jours ses petites mains agitaient une ligne où ne mordaient jamais les poissons qu'il voyait et rêvait. Un vif chagrin s'ensuivait, un chagrin de son âge.

La femme attachée à son service avait ordre de ne le point quitter un instant. Elle l'aurait fait, cela est probable, si d'aventure l'ombre d'un jardinier ne se fût point projetée sur le trottoir. Le diable, qui, dit-on, ne dort jamais, l'attira un beau jour à l'écart; peu après, l'enfant disparaissait dans les flots. Un bruit sourd parvint aux oreilles de Mlle Marie, qui s'était assise à l'un des kiosques du rez-de-chaussée; elle aperçut l'enfant revenant à la surface. S'élancer de la même croisée dans la mer, nager vers l'innocente créature, la saisir, la maintenir à fleur d'eau et appeler du secours fut, pour l'institutrice, l'affaire d'un instant.

Qu'on juge de l'émotion de la famille, alors absente, quand elle apprit cet événement! La pauvre mère se jeta dans les bras de Mlle Marie, en la traitant de sœur.

— Tu seras mon autre maman, ajouta l'enfant; sans toi, je mourais !

Il est trois heures ; c'est le moment où on amène à Mlle Marie le petit Joseph. Il entre les bras tendus vers elle, afin de les entrelacer autour de son cou, comme le lierre enlace l'arbre qui le protége.

— Tu es triste, lui dit ce bon et bel enfant. Toutes les fois que tu écris à ta maman j'ai du chagrin, parce que tu pleures. Lui as-tu dit au moins que tu as un enfant qui parle toujours français pour te faire honneur ?...

— Certainement, répond Mlle Marie, qui, alors seulement, cesse de penser à la patrie absente.

— Que je te veux faire un kaïque tout d'or, quand j'aurai des pantalons jusqu'aux pieds ?

— Je n'oublie rien.

— Et un tchiflik, où je te planterai.....

— Je ne suis pas de cet avis.

— *Kaïmeni !* (pauvre) ce n'est pas toi, mais des fraisiers, des orangers, des dattiers...

— D'après les plantations que tu veux faire, il est évident que le verger ne sera pas à moi seule.

— Mais toi ou moi, c'est la même chose ; tu sais bien que je t'aime comme les étoiles du ciel, qui sont les yeux d'Allah et de mon patron Youzouf (saint Joseph). Tu peux assurer à ta maman que je ne fais pas de menteries.

— Je l'entends ainsi, je déteste les menteurs.

— Je suis plus sage que Zoé, qui m'a dit en courant : Va te faire passer toutes tes fantaisies, petit homme.

— Que veux-tu faire des tenailles que tu as apportées ? demanda l'institutrice.

— C'est pour déclouer ton bon Dieu de la croix ; tu dois avoir trop de chagrin de le voir malade aussi longtemps [1].

— Le bon Dieu est au ciel, petit ami ; la croix ne fait que représenter ce qu'il a souffert pour nous, quand il était sur la terre.

— Alors il n'est plus malade ?

— Il le redevient toutes les fois que nous l'offensons ; et tu l'offenses quand tu négliges de bien apprendre tes prières.

— Ne te fais pas de chagrin ; quand je ne les sais pas très-bien, je m'en invente.

Pendant que Mlle Marie causait avec ce doux et innocent enfant, la langue de Mlle Zoé suivait son cours.

— Vois, si je sais mes leçons ? dit-elle à sa sœur en lui tendant le livre.

— Tu n'as qu'à le fermer, répond l'autre et à les réciter mentalement.

_____

(1) Historique.

5.

Du livre, sa tête se reporta vers la croisée.

— Voilà Achmet qui, les bras pendants, me fait l'effet d'un soliveau. Regarde-moi un peu ce personnage, Irène ?

— Il doit être exténué, répondit l'autre.

— Ah ! oui, il est en plein Courban Baïram [1] de ce matin, et toutefois, sois tranquille, son estomac doit être en règle. Festiner la nuit et dormir le jour, tel est le carême des Turcs.

— Quelle piteuse figure ! A-t-il besoin de montrer si haut qu'il fait partie des fidèles observateurs du Koran ? Un jour de jeûne, il faut être gai, alerte, prouver enfin que l'observance du précepte est douce et légère. Je célèbrerai mon premier jour de jeûne en chantant *Alleluia*.

— Si tu continues sur ce ton, il est à croire, observa Irène, que le jour de demain sera pour toi un jour de jeûne. Si mademoiselle t'entendait !

— Le « petit homme » l'absorbe tout entière, et quant à notre sous-maîtresse, elle est plongée dans les bras de Morphée, aussi tranquillement que si elle était sur un lit de repos. Il faut laisser aux Arméniens le soin de s'arranger de tout, dès qu'il s'agit de clore les paupières.

— Peux-tu rire et causer de cette façon quand

1. Trois jours de jeûne terminés par une fête splendide.

tu sais ce que souffre, à l'heure qu'il est, une pauvre fille catholique?

— Mais je ne sais rien.

— Où étais-tu donc lorsqu'on a raconté cette triste affaire au kiosque?

— Je donnais probablement de l'exercice à ma corde; mais j'écoute, grave Irène.

— Il paraît qu'un marchand Illyrien, pressé d'argent, vendit, il y a environ trois mois, de concert avec sa femme, une jeune fille qui était à leur service. Un mois après elle fut vendue de nouveau à un Turc, puis reléguée dans un harem. Une fois là, tous les moyens de séduction ont été mis en œuvre pour en faire une Turque, et inutilement. Et des séductions on est passé à d'atroces cruautés; voilà plus d'un mois qu'elle est enfermée dans un caveau où le manque d'air et de nourriture l'a réduite à l'état de squelette ambulant. Zoé, j'en ai le cœur navré! Pauvre fille! que ne doit-elle pas souffrir!...

— Tu m'impatientes, s'écria Zoé. Irène, tu laisserais mourir quelqu'un pour trouver le temps de le plaindre. Tiens, je suis sûre que tes doléances ne t'ont pas permis de songer une minute que le moyen d'y mettre un terme n'est autre qu'une question d'argent. Je suis d'avis de donner tout ce que je possède : ma croix de brillants et mes cinq cents piastres (environ cent francs). J'ai du sang français dans les veines, ma chère, ajouta la fillette, tandis que tu tiens à l'Arménie de pied en cap.

Cela dit, Zoé remit la tête à la croisée.

— Le fidèle croyant est toujours à la même place, poursuivit-elle; examine-moi ses pieds, Irène! En vérité, Mohammed était fou à lier de construire un pont aigu de la terre au ciel. L'exiguïté du pont, eu égard à la largeur des pieds des fidèles est un contre-sens palpable. Ce...

L'entrée d'un domestique portant à mademoiselle Marie un billet de madame Elenca sur un plateau de vermeil, interrompit le caquetage de la petite Française. Il donna un léger coup à la porte, auquel on répondit : *Bouyourum;* entrez.

Le billet décacheté et lu, mademoiselle Marie fit un signe de tête, si compris en Orient qu'il dispense d'une tirade d'inutiles paroles. Le domestique s'inclina et sortit; et, une fois seule, notre compatriote relut le billet ci-après :

« Ma chère amie, venez au kiosque groseille;
« M. C... renouvelle sa visite, et ne me semble
« pas disposé à quitter le terrain sans vous avoir
« vue. Il ne nous parle que de vous : ce qui

« prouve que vous êtes l'objet de sa visite. Du
« courage.

« A vous,

« ELENCA. »

Une pâleur mortelle envahit les traits de la
jeune fille. De grosses larmes s'échappèrent de
ses yeux pour retomber sur les joues de l'enfant
qu'elle prit convulsivement entre ses bras. O
heureux âge! s'écria-t-elle; à l'abri par ton innocence des douleurs qui assiégent le nôtre!...
Étranger aux passions qui désolent la terre, le
sourire d'une mère est pour toi le passé, le présent et l'avenir! Mon Dieu, délivrez-moi du pressentiment qui m'obsède! Ayez pitié d'une faible
plante transplantée sur un sol étranger.

En voyant pleurer celle qu'il aimait comme une
mère, le petit Youzouf s'écria :

— Qu'as-tu? qui te fait du chagrin? dis-le moi :
ne pleure pas.

Aller plus loin sans initier nos lecteurs à la
cause qui motive la douleur de notre héroïne,
serait de mauvais goût.

Disons donc que les Européens de Péra, fau-
bourg de Constantinople, sont absolument comme
les boutiquiers de Paris. Quand vient le dimanche,
plusieurs bateaux à vapeur suffisent à peine pour

les disséminer sur la côte de tel ou tel village du pittoresque Bosphore.

Retenu à Péra dans la semaine, à notre tour, quand arrivait le dimanche, le besoin d'aller respirer l'air embaumé et doux des rives de l'Europe et de l'Asie, se faisait sentir. Yeni-Keui surtout fixait notre attention. Mademoiselle Marie l'habitait en été, et qu'il faisait bon causer avec elle de notre commune et lointaine patrie!

Un de ces dimanches, à peine débarqué, nous l'entrevîmes un livre à la main, revenant de la messe.

— Vous êtes matinal, don Alonso, s'écria-t-elle aussitôt, et qui vous amène de si bonne heure?

— Le plaisir de vous voir, repris-je sans réflexion aucune.

— J'aime la franchise, mais celle-ci est à bout portant.

— En êtes-vous peinée, mademoiselle?

— Nullement; j'ai, sans qu'il y paraisse, ma petite dose de coquetterie. Au surplus, vous arrivez à propos; j'ai à vous raconter un événement simple en apparence, et qui ne laisse pas de me beaucoup préoccuper.

Connaissez-vous M. C...?

— Qui ne le connaît? Constantinople est le pays du monde où les millions sont d'autant plus respectés qu'ils sont à la fois titres, honneurs et gloire. Les habitations de M. C..., tant à Péra que sur le Bosphore, sont de véritables palais. Et tout cela, chère demoiselle, est à un jeune homme, beau, aimable, mais pour le moins aussi nestorien que Nestorius. Mais pourquoi cette question?

— Rentrons d'abord, et une fois installés sur le divan de l'un des kiosques, l'inévitable cuillerée de confiture, le verre d'eau et la tasse de café pris, nous causerons tout à notre aise. J'use rarement de la latitude qui m'est donnée dans cette maison, et quand je le fais, mes *moussaphirs* (visiteurs) ont tout lieu d'être satisfaits de ma réserve. Pas de politesse qui ne leur soit adressée, ce dont je suis très-flattée, non pas pour moi, mais uniquement pour les personnes qui ont l'amabilité de se souvenir que j'existe dans un coin de ce triste monde.

— Vous ne connaissez donc pas personnellement M. C...? demanda de nouveau la jeune fille, en se débarrassant de son chapeau.

— De vue et de réputation seulement.

— Mon existence, cher monsieur, n'est qu'une série d'événements qui, en vérité, se succèdent avec une rapidité qui tient du prodige. Vous souvient-il de l'ouragan d'il y a quinze jours? Eh bien, j'étais à travers champs, suivant, en dépit

du craquement des branches, du sifflement des
vents, du mugissement des vagues, des cris agonisants de l'extrême détresse, les mouvements
de la tempête. Il y a de ces choses qu'il faut voir
pour être en mesure de les décrire. Une imagi-
mation, si féconde soit-elle, ne saurait suppléer
au défaut de la vue.

Quoiqu'en ait dit ou en ait voulu dire La Fontaine, on réfléchit mieux en voyage que dans un
gîte; car les songes, qui prennent en ce cas la
forme d'une série de points de vue, se gravent
indélébilement dans la mémoire. La terre et
l'esprit se tiennent par des affinités secrètes; tôt
ou tard ces songes se réveillent, et c'est autant
de trésors portés à l'actif de la vie.

Oh! sans doute, ce déchaînement, cette rage
de la nature, me comblaient d'épouvante, et
quelle analogie, mon Dieu! avec les passions humaines! J'en avais le frisson. Je restai sur ces
hauteurs, tant que dura la tempête, m'accrochant
tantôt à un arbre, tantôt à un autre. La mer Noire
soulevait des vagues en forme de montagnes. Les
pauvres navires semblaient bernés sur un linceul
d'écume, aux rires des vents, rires comme
échappés des entrailles de l'enfer!

Un semblant de calme succéda à cette rage; je
descendis, et, arrivée à l'escalier de pierre,
Pétros vint à moi.

— Sais-tu l'affaire, Cocona Mériem? me demanda-t-il.

— Quelle affaire, Pétros?

— Les kaïques sont des embarcations si frêles qu'il est imprudent d'aller en mer, si peu qu'elle soit de mauvaise humeur ; à plus forte raison quand elle est furieuse à tout briser.

— Je ne suis guère plus avancée, Pétros.

— La famille C..., qui croit se tout pouvoir permettre, parce qu'elle est riche à enrichir dix familles pauvres, si elle le voulait, a bravé l'orage, bien qu'on leur ait dit, à Bouyoukdéré, qu'il était imprudent de partir. Le kaïque a chaviré en face de la grille, et, si l'intendant ne s'était pas trouvé à l'orangerie, c'en était fait de la mère et de la tante.

— Je suis à la torture, Pétros; sont-ils, oui ou non, sauvés?

— Grâce à nous, ils auront la vie sauve; la mère surtout est horriblement maltraitée.

D'un bond, je fus dans l'antichambre, où je trouvai deux dames couchées sur le divan, un jeune homme d'environ vingt-quatre ans, mouillé jusqu'aux tempes, était auprès de l'une d'elles, alors que madame Elenca allait de l'une à l'autre, dans la plus vive agitation.

Il faut surtout réchauffer ces dames, dis-je à

la bonne Elenca, et tâcher de leur faire rendre la quantité d'eau qu'elles ont avalée bien involontairement.

Le tout, dit en français, attira l'attention du jeune homme.

— Prépare-t-on les lits? repris-je, en me dirigeant vers l'escalier.

Et, cinq minutes après, je venais annoncer qu'ils étaient prêts.

Mais, vers six heures, quel kalabalik! (encombrement)

Le domestique dépêché au reste de la famille arrivait, porteur d'effets pour le jeune homme, suivi d'une kyrielle de parents, le patriarche des Arméniens compris. Le patriarche, qui était énorme, bénit sa sœur, non moins corpulente que lui, et assura que c'était grâce à l'austérité de sa vie qu'elle avait échappé à une mort certaine.

— Il n'y paraît guère, dis-je à madame Elenca en français; si Zoé était ici, elle nous assurerait, à son tour, que l'austère patriarche a des joues de pacha à trois queues, gens qui ne se mortifient guère.

Le jeune homme fixa ses regards sur moi, non sans faire des efforts pour réprimer un accès de rire.

— « Il y avait de quoi, dis-je à l'institutrice. »

— Une vraie tête d'hippopotame, señor don Alonso.

Quand arrivèrent neuf heures, je dis au jeune homme : Votre mère aussi bien que votre tante, ont la tête brisée de tant de doléances ; tâchez de congédier des parents aussi incommodes à l'heure du danger. Allez vous reposer car vous devez être horriblement fatigué ; je me charge, à moi seule, du soin de ces dames.

Et M. C... suivit à la lettre mes conseils.

Mais, vers trois heures du matin, le jeune homme reparut en pantoufles et en robe de chambre de cachemire de l'Inde ; il s'assit près de sa mère que j'étais en train de frictionner, et lui fit cette question :

— Êtes-vous satisfaite de votre garde-malade ?

— Attendrie, dit l'autre en posant un doigt sur sa bouche.

— Combien nous vous devons de reconnaissance, me dit M. C..., en excellent français, de tout ce que vous faites.

— Aucune, repris-je ; je fais pour vous ce que je voudrais qu'on fît pour moi, si j'étais dans le même cas ; ni plus ni moins : je mets en acte un précepte du Seigneur.

— Vous êtes Française, n'est-ce pas ?

— Grâce à Dieu ! dis-je vivement.

— La vivacité de votre réponse n'est guère à
la louange de Constantinople, ajouta-t-il avec
un léger accent de contrariété.

— Chaque pays, observai-je, a son bon et son
mauvais côté. Et quoi de plus naturel que je sois
plus indulgente pour le mauvais côté du mien
que pour celui des autres?

Le jour, poursuivit l'institutrice, nous surprit
à échanger de ces banalités au milieu des soins
que je prodiguais à mes deux malades.

Si tout s'était borné là, ç'eût été charmant.
Mais non; en sortant de la chambre de la tante,
j'entends M. C... dire à sa mère :

— C'est la femme que j'ai rêvée ; à quelque
chose malheur est bon.

— Malheureux ! que dis-tu ? exclama la mère :
elle est catholique !

— Mais nous la ferons nestorienne, répondit
le fils, avec une assurance qui me blessa jusqu'au
fond de l'âme.

Ici je m'écriai :

— « Pauvre garçon, combien il se trompait. »

— Plutôt mille morts, don Alonso, ajouta-t-elle
avec toute l'énergie de sa foi.

— « Mais un mariage mixte, par exemple?
Songez, mademoiselle, à la fortune de M. C....
et à la position qu'il occupe dans le monde. »

— Un mariage mixte! exclama la jeune fille hors d'elle-même. Songez, monsieur, que vous me parlez de la chose que j'abhorre le plus ici-bas, et non sans cause. Oui, j'admire les Orientaux de mettre autant de réserve à contracter ces unions que nos compatriotes y mettent de légèreté. Non, pour rien au monde, je ne voudrais condamner des enfants, à moi, à mourir athées ou tout au moins déistes en face de ce dilemme : Qui des deux est dans le vrai? est-ce mon père? est-ce ma mère?

Qu'est-ce qu'une famille désunie par ce qui devrait au contraire en resserrer les liens? N'est-il pas navrant, pour ne pas dire scandaleux, qu'il se trouve des enfants, les uns catholiques, les autres hérétiques ou schismatiques? Qu'est-ce qu'un père ou une mère, privés, par l'effet de croyances différentes, d'inculquer au cœur de leurs enfants des principes qui sont la base de l'existence ; d'unir leurs accents dans une commune prière où les âmes se confondent pour n'en former qu'une?

— « Ne m'allez pas croire partisan des mariages mixtes, dis-je à mademoiselle Marie, en voyant des flots d'éloquence prêts à découler de sa mauvaise humeur. Toutefois, quand les passions s'en mêlent, c'est un pis-aller. Songez aussi que l'Église les tolère. »

— Oui, reprit vivement la jeune fille, mais à son corps défendant. L'Église ne saurait bénir ces mariages et ne les bénit pas. Bien mieux, elle recommande à ses ministres de les admettre difficilement et sous de graves réserves. Quant aux passions que vous évoquez, je ne saurais être de votre avis. Parlez d'intérêt, de gloriole et vous serez d'accord avec le vrai. En général, on éprouve de l'éloignement, de la répugnance même pour autrui, dès qu'une communauté d'idées nous en sépare. Ce qui rapproche : c'est l'idée de faire une bonne œuvre ou l'infernale passion de l'argent, ce dernier sacrifice des âmes en faillite !

Franchement, pensez-vous qu'une affection réelle ait motivé le mariage de la catholique Mademoiselle S., si jeune et si belle, avec le schismatique M. J., vieux et laid, mais riche ? Le désir de figurer dans le monde, de changer une modeste habitation contre un palais, de simples robes de mousseline pour des soieries de Lyon, des bracelets de corail contre des diamants... oui, tel est le but que s'est proposé cette malheureuse jeune fille en épousant M. J., excitée, il est vrai, par des parents dévorés d'ambition.

J'eus occasion, il y a peu de jours, de la rencontrer en chaise à porteur près de la chapelle de l'ambassade de France ; la fille de la classe moyenne, trop brusquement transformée en grande dame, me fit un salut protecteur auquel rien ne manquait.

Mille fois merci, madame, dis-je en m'approchant contre son intention, de vous souvenir, au faîte des grandeurs, de mon humble personne. Cela prouve l'excellence de votre éducation, et je vous en fais mes compliments. Comment se porte M. J., qui évidemment vous traite en enfant gâtée ?

Elle était éblouissante.

— Parfaitement, mademoiselle, fit-elle du bout des lèvres. L'excellent homme ! il est si bon, si gracieux à l'égard de ma famille, qu'il m'est impossible de lui refuser le seul désir qu'il m'ait manifesté, c'est-à-dire d'embrasser ses croyances. Au fait, il m'a prouvé que la séparation de l'Église grecque d'avec l'Église latine tient essentiellement aux innovations des catholiques.

— A l'ambition des Grecs, dis-je, comme la vôtre tient aux diamants et aux cachemires de l'Inde. Vous mériteriez d'être flagellée ! ajoutai-je en lui tournant le dos.

— Se donne-t-elle des airs d'importance, me dit Pétros, que j'avais amené avec moi, en ga-

gnant l'hôpital français. Certes, Cocona Mériem,
elle finira par donner son âme au diable.

— C'est fait, Pétros.

— Est-ce possible ! s'écria l'honnête homme,
en faisant le signe de la croix. Voilà donc où
conduit le désir de paraître quelque chose dans
un monde qu'il faut échanger demain pour la
tombe !

Arrivée à l'hôpital, je racontai l'affaire aux
bonnes sœurs. Ma tante tourna la tête en blâmant
sérieusement mon trop de malice, tandis que les
autres demandaient grâce en faveur de ma juste
indignation.

— « Je n'oublierai pas de sitôt la réponse de
Pétros, fis-je observer à l'institutrice. »

— Le bon Pétros, don Alonso, est comme le
commun des mortels, il a ses quarts d'heures de
malice avec Achmet, et ses accès d'éloquence
avec moi ; et cela pour une raison bien simple,
je seconde ces dispositions natives par une communauté de foi, d'espérance et de charité. En
somme, c'est une nature juste et craignant Dieu.
Il est sans ambition, très-reconnaissant du peu
que l'on fait pour lui.

Vous ne sauriez croire combien il me sait gré
d'aller visiter parfois sa famille, d'apporter à ses
enfants de ces riens dont ils me récompensent

au centuple par la joie qui s'échappe de leurs yeux.

— Hélas ! reprit tout à coup Mlle Marie, me voilà aux antipodes de mon récit. Où en étais-je, cher compatriote, quand vos interruptions m'ont détournée ? Vous auriez fait un député d'élite.

— « Nous en étions au projet de vous faire nestorienne. »

— Bien.

Le lendemain, ces dames, sans être complétement remises, pouvaient du moins supporter le trajet, et à deux heures de l'après-midi, lorsque je les eus installées dans une voiture fabriquée à Vienne, M. C... s'approcha de moi pour me dire à voix basse :

— Vous avez tout ce qu'il faut pour embellir l'existence d'un homme ; une spontanéité de cœur attendrissante, de l'esprit à revendre, une gaîté surtout qui fait le charme de toutes les personnes qui ont le bonheur de vous approcher...

— Moi ! repris-je aussitôt. Mais M. C... ne me laissa pas le temps de refuser des qualités auxquelles je n'avais pas droit ; il était à cheval et me saluait de la main et des yeux.

Le reste de ma journée se passa en préoccupations pénibles. La nuit, cependant, m'apporta

6

des conseils ; je m'administrais des raisonnements
à la façon d'Achmet pour se dispenser d'un pèlerinage à la Mecque. Bref, me dis-je, quand les
premiers rayons du soleil de Dieu se glissèrent
timidement à travers les jalousies de ma chambre,
M. C... est très-beau garçon, et je suis loin d'être
belle ; il est jeune, et je le suis également ; mais
ma pauvre existence a été à la merci de chagrins
qui vieillissent avant l'âge ; tandis que sa vie,
bercée dans tous les raffinements du luxe, a
maintenu son caractère au niveau de ses jeunes
années. Donc, c'est un rêve d'enfant dont
quelques jours feront pleine justice.

— « Pure illusion ! il n'est pas homme à céder,
si pareille idée s'est logée dans sa tête. — L'avez-
vous revu depuis ? demandai-je ensuite à la jeune
fille. »

— Cinq jours après le naufrage, il nous vint
faire sa visite de remerciements, non sans oublier
de s'inquiéter de la bonne et intelligente Française : il lui fut répondu que j'étais absente pour
le moment ; mais il ajouta qu'il attendrait volontiers mon retour, si sa présence ne devait pas
entraver quelque projet. Mme Elenca, à qui je
n'avais rien dit, trouva la chose toute naturelle ;
elle le pria de rester à dîner, ce qu'il accepta
avec empressement. Oh ! jugez de mon trouble

en le voyant arriver au tchiflik, où j'étais avec mon Youzouf, tout occupée à écouter les belles choses qu'il me voulait donner « quand il aurait des pantalons jusqu'aux pieds ».

L'innocente créature eut le pressentiment de la peine que me causait cette visite; il se retourna vers moi, puis il me dit d'un ton décidé :

— Je vais dire à cet homme que tu n'aimes pas qu'on te vienne voir au tchiflik.

— Ne dis rien, mon enfant; seulement reste près de moi, et tais-toi sur la recommandation.

M. C... arrivait, gracieux, tenant une rose blanche à la main ; il me l'offrit avec courtoisie.

— Grâce à votre absence momentanée, je suis *moussaphir* (l'hôte de la maison), et inutile de vous dire le plaisir que j'en éprouve. Combien j'aurais été désolé de partir sans vous voir, sans vous renouveler tous nos remerciements, et surtout sans m'acquitter d'une mission de ma mère; elle vous prie de venir passer une journée auprès de nous avec Mme Elenca et ses enfants.

— Mais tu ne veux pas y aller ? objecta Youzouf, qui jusque-là n'avait rien dit ni même répondu aux caresses que lui avait faites le jeune homme.

— En supposant, dis-je à mon tour, que ce soit une belle œuvre, le prix que vous y attachez lui ôte, à mon avis, tout son mérite. Vous me feriez regretter de l'avoir faite.

— Permettez-moi de penser différemment, reprit-il visiblement contrarié de la ténacité du petit Yousouf à ne me pas quitter un instant.

Enfin, quelques banalités échangées, trouvées fort spirituelles, en dépit de mon mauvais vouloir, nous regagnâmes l'habitation, où m'attendait un autre ennui.

— Sachez, bonne amie, dit Mme Elenca en nous voyant paraître, que j'ai accepté pour vous l'invitation d'aller passer une journée dans sa famille. Votre oreille gauche, assurément, a dû bourdonner pendant que vous étiez au tchiflik ; nous avons parlé de vous avec M. C..., comme vous méritez qu'on en parle. Et qui ne vous estimerait ? ajouta-t-elle en me baisant au front. Vous êtes nôtre et bien nôtre, comme dit Youzouf vingt fois par jour.

— Et pas tienne ! ajouta Youzouf en s'adressant à M. C..., qui fut peu flatté de la remarque.

— Dans quel état étais-je, grand Dieu ! et que n'aurais-je pas donné pour m'échapper le reste de la soirée ! Mais, obligée de rester, de faire bonne contenance quand même, je sentais par instants mon pauvre cœur se briser.

Ce jour-là, Mme Elenca devait compléter mon

supplice. Pendant qu'on habillait l'enfant pour
le dîner, elle me proposa de montrer mes fleurs
à M. C... qui, avec un tact merveilleux, avait fait
tomber la conversation sur ce chapitre.

— Vous aimez beaucoup les fleurs, m'ont dit
ces dames, poursuivit-il chemin faisant, et raison
de plus pour que je tienne doublement à votre
visite ; vous aurez à Bébek de quoi satisfaire vos
goûts. Tous mes parents se font une fête de vous
voir. Là, vous verrez des *hérétiques* qui, à défaut
d'autres qualités que leur refusent les catholiques
de Péra, ont au moins la reconnaissance du cœur.

Mais, franchement, vous êtes trop intelligente,
mademoiselle, pour nous croire damnés parce
que nous croyons à deux personnes distinctes en
Jésus-Christ. Quant à moi, je ne vous crois pas le
moins du monde condamnée au feu éternel parce
que vous ajoutez foi au symbole de Nicée et aux
actes du Concile de Chalcédoine...

— Retire-toi, satan, pensais-je tout bas ; et je
poursuivis bien haut : Concile dont le pape saint
Léon [1], quoique absent, fut l'âme. La lettre qu'il

---

1. Cette définition portait que... Jésus-Christ, fils de Dieu,
parfait en sa Divinité et parfait aussi en son humanité, est
consubstantiel à Dieu selon la divinité et consubstantiel aux
hommes selon l'humanité ; qu'il y a en lui deux natures unies
sans changement et sans confusion ; que ces deux natures
subsistent dans une même personne, de sorte que les propriétés

adressa au patriarche saint Flavien, martyr du brigandage d'Ephèse [1], est un monument impérissable, tant de clarté que de précision.

Mais il me semble, monsieur, qu'il y a loin de ce que vous me dites au but de ce qui nous amène. Il s'agissait, tout simplement de vous faire visiter mes géraniums, mes cactus et mes lauriers-roses. Les spéculations théologiques sont aussi étrangères à mes fleurs que vos observations, je l'avoue, me paraissent inopportunes. Quoi qu'il en soit, je vous remercie de l'intelligence que vous me supposez ; c'est un excellent préservatif contre les suggestions dangereuses

de l'une et de l'autre sont communes à cette seule et unique hypostase ; que cette union des deux natures dans la personne du Verbe n'est pas une simple affection de l'une envers l'autre, ni une conformité de volontés et de désirs, ni seulement une présence et une habitation du Verbe dans l'humanité, mais une union véritable, hypostatique, et qu'enfin il résulte de ces deux natures ainsi unies un seul Jésus-Christ, engendré de Dieu avant tous les siècles, et né de Marie, dans le temps, égal en tout à Dieu par sa génération éternelle, et de même égal en tout aux hommes, excepté le péché, par sa naissance temporelle.

1. Concile où la vérité fut condamnée, l'hérésie approuvée, Nestorius et Eutychès absous, saint Flavien condamné par les évêques, au nombre de cent trente. Le trouble et la violence y régnèrent tellement, que cette assemblée n'est connue que sous le nom de brigandage d'Ephèse, *Latrocinium Ephesinum*. Saint Flavien fut foulé aux pieds, et enfin si cruellement maltraité, qu'il mourut trois jours après à Éripe en Lydie, sur la route du lieu où il fut envoyé en exil.

— « Que répondit-il ? demandai-je, déjà effrayé pour mademoiselle Marie de la lutte que je voyais poindre à l'horizon. »

— Vos fleurs, mademoiselle, sont vraiment superbes ; il est évident que vous ne négligez pas de les faire arroser.

— Et surtout, dis-je, de les préserver, autant que faire se peut, des fureurs de l'ouragan.

— N'est-ce pas, mademoiselle, que le Bosphore est superbe, reprit M. C... tout disposé à éluder la question qu'il avait entamée. J'ai beaucoup voyagé, et je ne sache pas avoir vu rien d'aussi beau, d'aussi pittoresque.

— « Vous n'en aurez pas fini de sitôt ? dis-je encore une fois à la jeune institutrice. »

— Youzouf, don Alonso, vint encore me tirer d'embarras.

— Viens, maman Mériem, le dîner est servi ; je suis ton enfant parce que tu m'as empêché de mourir, ajouta le petit être, non sans manifester sa mauvaise humeur de ce que j'étais seule avec M. C..., ou entourée de gens qui ne comprenaient pas un mot de français.

Laissons la soirée, passée en pur échange de banales politesses. Arrivée dans ma chambre, je me jetai au pied de la croix, suppliant Dieu de m'épargner l'amer calice dont je me voyais menacée.

La nuit me trouva sans sommeil, le matin sans force et d'une pâleur extrême. Mme Elenca s'en aperçut et voulut savoir la cause de tant de souffrances.

— Pourquoi ne m'avoir pas communiqué vos craintes ? fit-elle avec un léger accent de reproche. J'aurais refusé cette invitation. Maintenant je m'explique certaines questions qui m'ont été faites, tant sur votre famille que sur vos goûts. Du courage ! car il en faut ; vous viendrez à Bébek où je vous tiendrai lieu de mère, vous serez gaie, et quelquefois piquante comme d'habitude ; j'aurai l'œil à tout. Une personne prévenue en vaut cent.

En effet, le jour fixé, nous arrivions à onze heures du matin devant la grille du féérique jardin de la famille C...

Vis-à-vis la splendide habitation, des deux côtés de la grille, s'élevait un kiosque somptueusement meublé. Là nous attendait le jeune homme en fumant son tchibouk.

— Enfin, vous voilà, s'écria-t-il ; vous êtes en retard d'une heure, et une heure d'attente est un siècle, lorsqu'il s'agit de personnes ardemment désirées.

— Le pluriel est de trop, murmura Mme Hélène.

Puis, avec une dextérité de vingt-quatre ans, le nabab arménien maintint d'un pied le kaïque au bord du trottoir, nous offrit la main pour le franchir à mon grand regret et à mon grand embarras.

Dans l'intervalle, toute la famille était accourue, le patriarche compris, pour célébrer en vrais Arméniens, c'est-à-dire en parlant tous à la fois, le bonheur de nous voir.

Que s'était-il passé? qu'avait-on dit? Je l'ignore ; toujours est-il que je fus l'objet de mille et mille attentions. Le patriarche me trouva charmante, et je le trouvai aussi lourd qu'ignorant. La petite Zoé, à qui sa mère avait raconté sa plaisante austérité, me vint dire en espagnol :

— Il ne vaut que pour faire honneur à un bon dîner ; c'est à table, j'en suis sûre, qu'il passe les meilleurs moments de sa vie.

On me fit tout voir, tout admirer, et quelle tentation c'eût été, si l'or et les diamants eussent exercé sur moi quelque empire ! J'ai fait enlever, vous le savez, le satin orange de ma chambre, pour mieux contempler le satin bleu de l'empyrée. Oui, plus de cent cinquante châles de l'Inde me furent montrés, comme destinés à la femme que M. André épouserait. André, ajouta la mère, qui m'avait attirée à part, tient surtout à une femme bien élevée ; il dit, et il a raison, qu'il a assez de fortune et pour elle et pour lui. Son choix, du reste, sera toujours le nôtre ; seulement il faut qu'il y ait identité de croyances. Nous n'avons que cette condition.

— Les Nestoriennes surabondent, dis-je, et dans le nombre il s'en trouvera certainement au moins une assez bien élevée pour fixer votre choix.

— Supposons, reprit la mère, qu'André se fût attaché à une catholique, trouveriez-vous mauvais qu'elle adoptât ses croyances, dans le but de conclure un mariage qui assurerait sa position, en même temps que celle de sa famille ?

— Je le trouverais plus que mauvais, madame, répondis-je froidement ; je le trouverais misérable. Eh quoi ! pour une position qu'il faudra quitter demain, car la vie la plus longue n'est qu'un point dans l'éternité, cette personne aurait la honte (c'en est toujours une dès que la cause tient aux séductions étrangères à la partie purement dogmatique) de renoncer à la foi de son baptême, et tout cela, pour le bien-être d'un corps destiné à se réduire en poussière après avoir été la pâture des vers.

Le petit Joseph qui ne me quitte pas plus que son ombre, quand nous allons quelque part, ouvrit ses grands yeux noirs ; l'énergie de mes dernières paroles l'avait frappé.

— Veux-tu, dit-il d'un accent douloureux, que j'aille dire à maman Elenca que tu t'ennuies ici et qu'il faut nous en aller ?

Une heure après nous étions en mer ; et mes regards se reportèrent vers le ciel, qui seul console des misères de la terre.

Ici, la jeune fille baissa la tête ; puis deux larmes pures comme la rosée du matin, tombèrent sur l'Imitation de Jésus-Christ qu'elle tenait entre ses mains.

— « Calmez-vous, lui dis-je, vivement ému de tant de douleur ; espérons que votre fermeté vous mettra à l'abri des instances de M. C..., qui, je l'avoue, seront d'autant plus tenaces qu'il est à son début en fait d'opposition. »

La porte s'ouvrit, et, Dieu soit loué ! le seul être en état de rasséréner son âme entrait le sourire sur les lèvres et l'âme dans les yeux.

—Vois-tu, dit le petit Youzouf en l'embrassant de tout cœur, comme je me suis fait faire beau pour aller aux vêpres avec toi ?

— Tu ne dis rien à monsieur, répondit Mlle Marie ; fais-lui voir comment tu sais t'inventer des prières.

L'aimable enfant s'agenouilla sur le divan,

joignit ses petites mains qu'il tourna vers le ciel,
et commença ainsi :

« Mon Dieu, vous êtes le plus grand des pa-
« dichas »...

— Le maître, mon enfant, reprit la jeune fille.

— Certainement, ajouta l'enfant, « puisqu'il
« est au ciel, et que de là, on peut tout voir.....

« — Je vous aime de tout mon cœur ; faites-moi
« la grâce d'être bientôt grand pour faire ma
« première communion, et pardonnez-moi tous
« mes péchés ».

— Mademoiselle ! s'écria la petite Zoé en ouvrant brusquement la porte, Ach...

— Je vous ai défendu, Zoé, d'entrer de cette
façon, reprit sévèrement la jeune institutrice.
Sortez, fermez la porte, frappez, et entrez ensuite.

L'ordre accompli, — qu'est-ce ? demanda
Mlle Marie.

— C'est Achmet, mademoiselle, qui ne veut
pas se déranger, bien qu'on lui ait dit à dessein
que le *yangunvar* (feu) était à l'extrémité du
village.

— Où est Achmet ? mon enfant.

— Sur le trottoir, où il fume le narghilé, aussi
tranquille, aussi heureux que s'il avait sauvé
quelqu'un d'une mort inévitable.

— Allons nous donner une représentation,

don Alonso, dit mademoiselle Marie en se levant.

— Achmet, fit-elle, tu n'entreras jamais au
paradis traversé de fleuves de lait. Le paradis
n'est fait que pour les bons; et j'entends par
bons ceux qui compatissent aux souffrances d'autrui ou du prochain. Sache, une fois pour toutes,
fidèle Turc, que rien n'est agréable à Dieu comme
la charité.

Achmet fit un mouvement de tête significatif.

— Pourquoi, poursuivit mademoiselle Marie,
ne vas-tu pas au secours de malheureux qui
bientôt seront sans asile ?

— Ce sont des Grecs, répondit Achmet ; laisse-
les se brûler. De tous les yaours, ce sont les
plus mauvais. *Féna, féna !*

— Dans de pareils moments, Achmet, on oublie tout ; songe aux femmes et aux enfants.

— Autant de coquins de moins, objecta le
kaïkchi, en dilatant ses poumons, grâce au tube
du narghilé.

— Tu es incorrigible, Achmet.

— Mais, Cocona, répondit le fidèle islamite,
aussi immobile qu'un terme, si ma maison tenait à celle qui se brûle, il y a longtemps que
j'aurais pris du champ. Tu te fais du mal en
pure perte.

— Tu as les pieds trop larges pour traverser
le pont aigu et l'estomac trop creux pour le
nourrir de lait, ajouta la petite Zoé, en lui enle-
vant son narghilé.

—« Avez-vous revu M. C... depuis votre visite
à Bebek? demandai-je encore à la jeune fille;
votre réponse à la mère lui aura été nécessairement traduite. »

— La vie, monsieur, n'est qu'une mort continuelle; mais Dieu en est le prix. A plus tard,
car le déjeuner nous attend.

CHAPITRE V.

Un Moine du mont Athos. — Le Duel.

> Les hommes sentent mieux le besoin
> de guérir leurs maladies que leurs erreurs.
> (Comte DE SÉGUR.)
> Quand Dieu permet à l'erreur de se
> produire, c'est à la condition expresse de
> mettre dans un plus grand jour la vérité
> qu'elle attaque.
>
> (F.)

— Kyria [1] Maria, dit un jour le père Hilarion, religieux schismatique du mont Athos, à mademoiselle Marie, qu'il rencontra non loin de l'hôpital français ; vous passez donc sans me rien dire ?

— Franchement, père Hilarion, je ne vous ai ni vu ni entendu ; et vous aurais-je vu et entendu, que j'aurais passé outre. Comme nièce de la supérieure, messieurs du Phanar s'occupent de ma pauvre personne, en attendant mieux, à propos du plus détestable papas (pope) que j'ai

---

1. Titre généralement donné aux personnes de bonne maison.

rencontré de ma vie; et vous savez si, dans le nombre, il s'en trouve de mauvais.

— Je vous conseille de revenir sur cette affaire reprit le moine.

— Pourquoi non? On dit, et rien de plus vrai, que j'ai fermé la porte au nez du papas Grégorio, bien qu'il portât un tableau de la Panagia (sainte Vierge!...). Je l'ai rencontré au Grand-Champ des Morts, suivi de sa femme et d'une kyrielle d'enfants, qui se faisaient un jeu de préparer de la besogne à leur mère. L'un tirait la manche de la tunique de *baba* (papa), l'autre le pan, tel autre cherchait quelques *paras* dans ses poches pour acheter du *tcheker* (friandises).

Vraiment, il suffirait de venir en Orient pour devenir zélé catholique. Qu'est-ce qu'un clergé en guenilles, suivi d'enfants dont l'un pleure, l'autre demande... passons là-dessus. Les confessions éventées par madame la papasse par ci, pour faire sa cour à madame par là; les brouilles, les querelles qui s'en suivent, inévitables résultats, du reste, de ce que vous avez le mauvais goût d'appeler des mesures d'ordre moral. Je vous répète qu'il faut venir en Orient pour se sentir blessé jusqu'au fond de l'âme, au seul mot de mariage des prêtres.

Revenons au fait, j'étais chez une Grecque de

votre connaissance et de la mienne, dans ma chambre, puisqu'on me l'avait offerte, occupée à me débarrasser de mon attirail de voyage, quand une fille de service vint m'annoncer que le papas Grégorio venait bénir cette chambre : Pour acheter quelques colifichets à sa maigre moitié, pensai-je.

— C'est inutile, répondis-je, réflexions faites ; je suis catholique, et par conséquent romaine.

Ce fut une raison de plus pour qu'on le fit entrer.

J'entends la psalmodie s'approcher de ma chambre, je m'approche à mon tour de la porte... je la ferme.

Dépeindre l'indignation du papas Grégorio serait une tâche au-dessus de mes forces. Elle lui valut quelques piastres de plus, qui le calmèrent comme par enchantement. Le papa, c'est probable, se souvint qu'il avait femme et enfants à nourrir, et qu'à ce point de vue, quelques piastres compensaient largement ce qu'il appelait une abomination.

— Avez-vous bien la conscience de ce que vous dites ? demanda le moine du mont Athos, devenu sombre comme un ulémas à la vue d'un chrétien visitant une mosquée.

— Je parle d'après ce que je vois et entends

tous les jours; mais, puisque la vérité me semble vous blesser, acceptez mes très-humbles excuses. Vous savez qu'il faut pardonner septante fois sept fois à un frère, quand il a fait la sottise de nous dire la vérité. C'est une rude compagne de la vie, père Hilarion.

— Vous avez la manche large, vous autres catholiques.

— Par exemple! père Hilarion, s'écria la jeune fille; prendriez-vous un fragment du sermon sur la montagne de nôtre Maître à tous pour une innovation? En citant ce passage « ne fais-je pas de la primitive Église », phrase que vous faites sonner à grand orchestre pour donner quelque couleur à votre ambitieux entêtement.

Faire de la primitive Église est, selon vous, donner la communion en bas âge aux enfants qui souvent n'en ont ni l'envie ni l'intelligence. Il m'est arrivé de rencontrer une bonne traînant un enfant qui faisait de rudes efforts pour se débarrasser de ses étreintes. Poussée par la sympathie que m'inspire l'innocence, je demandai le pourquoi de cette contrainte par corps. « Il ne veut pas communier », me fut-il répondu, et nous l'y menons de force.

Faire encore de la primitive Église, toujours selon vous, c'est ôter les grilles des confessionnaux, et quoi de plus prudent? Bien que vous assuriez qu'il est plus digne, plus paternel qu'une pénitente voie face à face son confesseur ou son père... Mais laissons ce chapitre, j'aurais trop d'inconvénients à vous citer.

— Êtes-vous en verve! fervente catholique, dit du bout des lèvres le moine du mont Athos.

— Raison de plus, répliqua-t-elle, pour donner suite à mes rudes vérités. D'abord, où allez-vous?

— A l'hôpital.

— A l'hôpital! s'écria l'institutrice; et pourquoi donc?

— Un jeune homme de ma connaissance a fait la sottise d'essayer de se couper la gorge, parce que sa famille jugeait à propos de le faire entrer dans les ordres.

— Qu'est-il? demanda mademoiselle Marie, catholique ou schismatique?

—Aussi orthodoxe que moi, répondit le moine,

—Orthodoxe à la façon du brigandage d'Éphèse où l'erreur fut proclamée et la vérité condamnée. Le mot d'orthodoxie me fait l'effet sur vos lèvres d'une sentence de fous qui décrèteraient que l'univers entier est en démence. C'est de la morale turque. En somme, avouez-vous que pardonner septante fois sept fois fait partie du sermon sur la montagne? Vous devez, sur ces hauteurs que vous dites inaccessibles, avoir loisir de méditer la parole du Seigneur.

Vos commentaires sont d'autant plus respectables qu'il vous est donné de les retremper au Phanar, ce foyer de science, d'héroïsme et de gloire! En vérité, il n'est pas de phanariote portant le nom de Léonidas qui n'ait défendu dans son estime mille défilés des Thermopyles; pas un Miltiade qui n'ait remporté autant de victoires de Marathon; pas de Thémistocle qui n'ait coulé à fond cent escadres de Xercès; pas un patriarche qui n'ait la science de Tertullien et l'éloquence de saint Jean Chrysostome.

— Vous êtes terrible, murmura le moine.

— Comment terrible? répondit mademoiselle Marie, est-ce que le patriarche actuel, dont le poste est une échelle ascendante et descendante, ne s'est pas vanté de confondre d'un seul mot le *schismatique* Pie IX, notre vénéré et bien-aimé Pontife?

Revenons à la primitive Église, à propos de l'orthodoxe alité à l'hôpital français. Par Église primitive, nous entendons, nous, catholiques, l'infaillibilité des dogmes que nous avons respectés, tandis que vous les avez entachés d'hérésie, de subtilités d'autant plus méprisables, que les points par vous attaqués n'ont aucun trait à la partie vitale. L'esprit de dispute et l'instabilité native des Grecs, tels sont les fossés qui nous séparent.

Oui, dans sa sagesse, l'Église de Rome, notre Église mère, dont les camps sont distribués sur les degrés de la mappemonde, ainsi que Moïse distribuait les tentes des douze tribus dans le désert, notre Église, dis-je, a jugé bon de modifier, selon le temps ou le relâchement des mœurs, des accessoires nécessaires, mais distincts du principal, qui sont les dogmes.

Tels sont les grilles des confessionnaux, le baptême par aspersion, la communion sous une espèce, ce qui revient au même, même d'après vous, puisque vous avouez que le corps de Notre-Seigneur se trouve tout entier dans le plus mince fragment du pain ou du vin consacré. De même pour l'âge de la première communion.

Qu'arrive-t-il dans ce dernier cas? qu'il ne nous faut pas traîner les enfants à l'Église pour les faire approcher de la sainte Table. Bien au contraire, l'enfant, instruit de bonne heure, préparé par des exercices de piété au grand acte qu'il va faire, voit arriver ce jour avec un indicible bonheur; il tressaille d'allégresse à son approche, et, quand le grand acte est accompli, il s'admire dans le Seigneur et le remercie mille fois de son plus beau jour sur la terre!

7.

Qu'il fait beau voir, père Hilarion, ces enfants un cierge à la main se rendre du chœur de l'église aux fonts-baptismaux, vêtus de blanc comme au jour de leur baptême, renoncer à Satan, à ses pompes et à ses œuvres, promettre à Dieu d'être à lui pour toujours!

Il n'y a que nous catholiques, et cela parce que nous nous baignons en plein dans l'océan de la Vérité, pour donner à chaque épisode de la vie spirituelle de l'homme, ce cachet de solennité qui se grave indélébilement dans la mémoire. Je me vois encore vêtue de blanc, tenant un cierge d'une main, et jurant de l'autre de donner ma vie pour Jésus-Christ. Et je lui en donnerais mille, si je les avais, reprit-elle en agitant la sonnette de l'hôpital français.

— Êtes-vous enthousiaste! murmura le père Hilarion.

— Peut-on être autrement quand on a le bonheur d'être née catholique, et quand on est venue en Orient pour mieux apprécier l'excellence de sa foi?

C'est nous, père Hilarion, qui faisons de l'Église primitive et non vous, ajouta la jeune institutrice, une fois entrée au vestibule. Voyez ce refuge du malheur et de la pauvreté : qui l'administre? qui se dévoue à la souffrance, sinon des catholiques?

Des femmes qui ont renoncé au monde pour veiller au chevet de la douleur, pour rappeler à un frère, à deux pas de la tombe, que la mort est un passage, non un état, qu'on le franchit sans crainte, ni regrets, une fois l'âme en paix devant le Seigneur.

Ici tous les malheureux sont frères, quelle que soit la divergence de croyances; en feriez-vous autant, vous autres, à notre égard? Non, mille fois non. Le seul mot de catholique vous inspire une répulsion d'autant plus injustifiable que c'est toujours à nous que vous en appelez dans le malheur.

Dernièrement, c'était un papas que ces bonnes âmes soignaient; oui, avec le même dévouement que s'il eût été un prêtre catholique. Agir de la sorte, père Hilarion, c'est faire de l'Église primitive, telle enfin que l'entend notre Père qui est dans le ciel : « Donnez à manger à ceux qui ont faim... » Pour conclure, vous ne donnez à manger qu'à ceux qui n'ont ni faim ni soif, j'entends à ceux qui ont tout à domicile.

A propos, et l'affaire du Vendredi saint, où, entre parenthèses, je faillis être lapidée, parce qu'il m'advint de m'apitoyer sur le sort d'un juif; était-ce remplir un des préceptes du Seigneur?

La supérieure, qu'on avait prévenue de l'arrivée de sa nièce, parut au même instant. Elle salua le père du mont Athos, le fit conduire auprès de son malade, et appela la jeune fille dans son cabinet.

Mais cette jeune fille, si vive, si impressionnable, avait pourtant le cœur navré, quelle que fût sa verve à discuter avec le moine. Le monde, disait-elle aussi, est traître parce qu'il est envieux ; donc, lui taire les joies et les déceptions de la vie est une simple mesure de prudence. Pour un couple ou deux d'amis sincères, que d'arrière-pensées se tiennent sur leurs gardes !

Ses yeux, disons-nous, portaient les traces de nuits sans sommeil ; ses traits, l'empreinte de profondes souffrances.

— Oh ! ma tante ! fut tout ce qu'elle put articuler en se jetant dans les bras de la bonne et intelligente supérieure.

La pieuse fille de saint Vincent plongea un regard scrutateur sur ce visage inondé de larmes ; puis, un sourire imprégné de tristesse erra sur ses lèvres, en fixant une croix appendue au-dessus de son bureau.

— Mon enfant, dit-elle ensuite, la vie n'est qu'une mort continuelle, mais tiens, vois ce qui en est le prix. Elle ouvrit la croisée d'où le ciel et la mer déroulaient leurs radieuses teintes, emblèmes d'innocence, d'espérance et d'amour.

Ce spectacle, à la fois consolant et grandiose, sécha les larmes de la jeune fille; elle regarda sa tante, se jeta de nouveau dans ses bras. Et leurs deux âmes se confondirent dans une douce et pure étreinte.

— Maintenant que te voilà plus calme, reprit sœur Pauline, raconte-moi le sujet de ton affliction; pourquoi ce ravage prématuré? Tu as vieilli de dix ans dans l'espace d'un mois, signe manifeste de pareilles souffrances. Ton insouciance quant aux choses purement matérielles me donne encore la mesure de la gravité du danger.

Selon son habitude, mademoiselle Marie s'oublia d'abord, pour songer aux autres. La jeune Illyrienne, dont Irène avait parlé à sa sœur, réduite à l'état de squelette par amour pour son Dieu et sa foi, ranima son courage. Tout faire, tout tenter dans le but de l'arracher au malheur, fut sa seule préoccupation du moment.

— Pauvre enfant! dit sœur Pauline profondément attendrie, Dieu t'a dotée d'un cœur qui te vaudra force déceptions ici-bas. Et toutefois, combien il est préférable à ces natures froides et égoïstes, véritablement à plaindre, et qui ne trouvent le temps que de songer à elles-mêmes.

— Sœur supérieure, dit aussitôt une infirmière

en ouvrant précipitamment la porte ; madame....
est au plus mal, et demande à vous voir.

— Encore une, murmura la fille de la charité,
attends-moi, mon enfant, je serai bientôt de retour, mais, dans le cas contraire, ne t'écarte pas.
Señor don Alonso, que j'ai vu hier, et qui se dis-
posait à t'aller voir aujourd'hui, sera bientôt ici.

« Nous entrions au même instant. La supérieure
nous montra du doigt son cabinet en se rendant à
la hâte au quartier des femmes, séparé par une
cour de celui des hommes.

— « Que vous êtes changée ! m'écriai-je, en
voyant la jeune fille ; est-il possible de se faire
autant de mal, quand il y a moyen de remédier
à tout d'une façon ou d'une autre. Ce n'est vraiment pas pardonnable, votre tante a raison de dire
qu'elle a de la peine à s'expliquer votre caractère
si enfant par moments, et si sérieux dans
d'autres. »

— Cette bonne tante, répondit l'institutrice, me
trouve vieillie de dix ans, et je voudrais l'être de
quarante ; de cette façon, peut-être serais-je dé-
barrassée des assiduités de l'hérétique M. C...

— « Non, chère demoiselle, la cause qui a motivé cet attachement, car c'en est un profond et
sincère, ne se détruira pas. C'est le côté moral qui
l'a séduit, et dans ce cas, les années jouent un

rôle secondaire. Vous l'avez évidemment revu depuis votre visite à Bebek ? »

— Nous avons tout le temps de reparler de cela, me dit tristement la jeune fille; attendons le retour de ma tante, don Alonso : elle reçoit en ce moment le dernier souffle d'une femme héroïque.

Oh! les femmes, vilipendées par les uns, louées par les autres, ont de ces qualités, qui presque toujours rachètent les misères des hommes. Leur vie, toute d'intérieur, quand elles ont conscience de la sublimité de leur rôle dans la famille, est une chaîne non interrompue de sacrifices.

Fille, la femme est sous la tutelle d'un père et d'une mère dont elle doit prévenir les moindres volontés; elle est tout au devoir, et ce mot de devoir, quelle que soit la forme sous lequel il se présente, renferme à lui seul un monde d'abnégations qui, si elles sont parfois pénibles, ont aussi leur incomparable douceur.

Épouse, la femme est la base de la famille, car sur elle repose l'édifice social. Si elle chancelle, il s'ébranle : et quelle responsabilité devant Dieu et devant les générations à venir! L'honneur et la gloire de celui auquel Dieu a lié son existence lui doivent être plus chers que la vie ; mais, dès qu'elle fait intervenir une ombre de personnalité quelconque, plus d'union possible.

Mère! Ce mot renferme encore à lui seul un océan de douleurs, d'abnégations et d'amour.

La famille, selon Dieu, renferme le triple vœu de désintéressement, d'obéissance et de chasteté, que, dans le cloître, la vocation concentre sur une seule et même tête; que, dans la famille, le monde entier voit s'épanouir sous les trois personnalités du père, des enfants et de la mère.

— « Permettez-moi une question seulement sur M. C..., dis-je en interrompant les réflexions de notre enthousiaste institutrice. Avez-vous eu de ces moments avec lui où vous ne teniez à la terre que par le bout d'un pied? Si oui, je m'explique les sentiments que vous lui avez inspirés. »

— Je ne saurais vous expliquer les miens : tout ce que je puis vous dire, c'est que le père Hilarion se déciderait difficilement à faire de moi une dame papasse.

— « De fait, il n'est content de vous que bien juste; je l'ai rencontré en face du théâtre, revenant de l'hôpital; il était d'une humeur de dogue. J'ai trouvé, m'a-t-il dit, la nièce de la *kalogria* (sœur) qui, après avoir fait une abomination à l'une de nos meilleures familles, vient de m'accabler d'invectives. *Panagia!* quel démon de femme!

— « Que lui avez-vous répondu? lui ai-je demandé.

— Que répondre aux catholiques, tous fanatiques jusque dans la moëlle des os, et surtout possédés de la fureur de faire de la propagande, tantôt sous un masque, tantôt sous un autre. L'hôpital n'est-il pas encore un moyen de propagande?...

— « Ne voulant pas entamer une discussion sur ce chapitre, je l'ai salué, riant en moi-même de son courroux contre vous. »

— Que n'étais-je là ! s'écria l'institutrice ; combien j'aurais profité de l'à-propos pour le terrasser. Quoique nous fassions, ami don Alonso, pour aplanir à tant d'âmes égarées par l'apostasie de leurs pères, la route qui mène à Dieu, nous n'en serons pas moins accusés de fanatisme par des gens qui en sont la personnification. Il en faut prendre son parti et mourir à la peine. Le Sauveur du monde fut bien traité d'imposteur par les scribes et les pharisiens !... Lorsque je reverrai cet orthodoxe, je répondrai et pour vous et pour moi.

Mais.... en aurai-je le temps, murmura la jeune fille en redevenant pensive.

— « Je serais curieux de savoir comment vous avez fait la connaissance de ce père Hilarion? »

— Je vais vous l'apprendre, reprit l'institutrice. De tous les villages du Bosphore, Yeni-Keui est sans contredit, à mon avis du moins,

l'endroit qui offre à l'œil investigateur ou scrutateur, si vous le préférez, l'objet des plus sérieuses études. J'en excepte les catholiques,
membres de l'Église universelle ; toutes les
sectes de l'Orient semblent s'y être donné
rendez-vous.

Une succursale du Phanar occupe l'extrémité
du village ; les nestoriens et eutychiens le centre ;
les catholiques et les Turcs l'extrémité opposée.
Curieuse comme il est peu possible de l'être (ne
confondez pas, je vous prie, la curiosité avec
l'indiscrétion), je me suis approprié, à force de
patience et de bon vouloir, les éléments des
langues quotidiennement employées. A l'un je
fais une question, à l'autre je demande un
renseignement, persuadée que la parole est, à
tel moment donné, la fidèle interprète de la
pensée.

Je suis connue comme le serait un ours blanc,
s'il apparaissait de temps en temps sous les verts
ombrages de Kalender, la promenade de l'endroit.
De cet amas de paroles échangées aujourd'hui
avec un schismatique, demain avec un hérétique,
après-demain avec un Turc ou une Turque, me
sont arrivées de pressantes invitations ; quelquefois acceptées au point de vue d'utiles et sérieuses
études. On me trouve tellement aimable, — ce
qui prouve une fois de plus qu'en pays d'a-

veugles, les borgnes font merveille, — qu'il est
arrivé à bon nombre de personnes de s'apitoyer
sur mes erreurs. Et ces plaintes prirent peu à
peu une telle consistance, qu'on finit un beau
jour par me faire de graves ouvertures, du côté
hérétique comme du côté schismatique.

Vous ne résisterez pas au père Hilarion, me dit
une fois madame E., dont on accuse le mari
d'être l'auteur d'un tissu d'impostures publiées
contre le digne et savant père Boré.

— Quand arrive le père Hilarion ? demandai-je
avec un sérieux comique. *Chère amie*, me fut-il
répondu, il arrive la semaine prochaine ; et ce
jour-là, je l'espère, nous vous aurons à dîner.

Vint le jour à jamais mémorable, où je fus
présentée au père Hilarion, comme une brebis
disposée, selon eux, à faire partie des ouailles
de la primitive Église. Il ne manquait, toujours d'après leurs dires, que l'onction de sa
parole.

Le son de sa voix me fit d'abord l'effet d'un
chaudron fêlé. Le dîner terminé, dîner où le
père m'avait semblé se dédommager amplement
des jeûnes forcés de l'inaccessible Montagne,
voici le discours qui, à vrai dire, en resta là.

— Kyria, dit-il, d'un ton doctoral, on m'a
assuré que vous aviez beaucoup d'esprit.

— On ne fait qu'interpréter mon opinion, répondis-je avec un calme qui le déconcerta du premier coup.

Il poursuivit :

— Kyria E... m'a fait espérer de vous voir rentrer au sein de la primitive Église.

— Quand vous m'aurez prouvé, digne anachorète, que je suis dans le sentier de la perdition. Mais ce serait une controverse à outrance qu'il nous faudrait engager, et le moment me semble mal choisi. Votre digestion et la mienne auraient trop à se plaindre de nos efforts d'éloquence. Renvoyons la partie à demain, sous les verts ombrages de Kalender ; là, le murmure des feuilles et le gazouillement des milliers d'oiseaux qui peuplent l'espace, s'uniront aux accords de nos âmes faites, d'après Pythagore, en écho de la musique. Nous n'attendrons pas que le hibou s'échappe de son antre pour remplir l'air de ses lugubres cris ! J'y serai à trois heures, puis-je compter sur vous ?

— Certainement, ajouta l'anachorète un peu interdit.

— « L'âme, d'après Pythagore, est donc faite en écho de la musique », dis-je à mademoiselle Marie en interrompant son récit.

— Un charmant fait m'a été rapporté à ce sujet

par un catholique d'Athènes, je vous le raconterai un peu plus tard, et circonstances comprises, libre à vous de l'interpréter différemment. Non, jamais, poursuivit-elle, je n'ai autant vu rire la bonne aïeule et madame Elenca qu'au récit de ma prouesse de la soirée. Youzouf, qui, bon gré mal gré, s'était obstiné à rester debout jusqu'au retour de maman Mériem, me fit la question suivante :

— Est-ce que cet homme qui te veut faire méchante, n'a pas une barbe de fil blanc et une figure de limoné (citron)?

La conférence eut lieu, le lendemain, en présence de ces dames, qui éclatent toutes les fois qu'elles se rappellent la stupéfaction du père Hilarion, de me voir lui dérouler les canons d'une série de conciles dont il ne savait pas le premier mot.

Ce n'est pas tout ; j'eus l'aplomb d'ajouter : Je m'explique maintenant les motifs qu'ont les Russes de faire de la propagande, non par la persuasion et de bonnes œuvres, mais par les ukases. Il est de fait que les enfants issus d'un mariage mixte doivent appartenir à la religion de l'État. En France, père Hilarion, on se dépêcherait de vous faire entrer au séminaire ; bien mieux, un barbier se chargerait de vous prouver qu'une barbe, si respectable fût-elle, ne saurait

donner les connaissances nécessaires au sacer-
doce.

— A votre tour, don Alonso, où avez-vous
connu le père Hilarion ?

— « Chez un Grec de ma connaissance, où je
fis la même observation que vous. Mais votre
tante ne revient pas, ajoutai-je, et je suis
impatient de connaître la suite du récit de
Yeni-Keui.

— Quelqu'un, c'est probable, l'aura saisie à
son passage ; vous n'avez pas idée combien il
faut d'intelligence et d'abnégation pour admi-
nistrer en pays étranger, une maison peuplée de
toute espèce de gens. Attendez-moi cinq minutes, je vais m'enquérir de cette bonne tante.

A peine sortie, mademoiselle Marie rentrait le
visage rayonnant.

— Doutez de la Providence, si vous l'osez,
exclama-t-elle ; sœur supérieure est au jardin avec
la femme de l'internonce d'Autriche, et, autant
que je l'ai pu comprendre, elle plaide chaleu-
reusement la cause de l'infortune et du malheur ;
Madame de Br... paraît très-émue ; n'est-ce pas
que le cœur de la femme est un abîme de compassion et de dévouement ?

— « Vous êtes par trop exclusive, dis-je à l'institutrice ; j'avoue qu'il y a d'excellentes femmes

mais je reconnais qu'il y en a de cruellement
méchantes. Votre organisation, d'ailleurs, vous
écarte de ce juste-milieu recommandé par saint
François de Sales, pour vous précipiter dans
l'extrême. Combien le capitaine R... protesterait
s'il entendait votre langage. »

— Il est en France, monsieur, avec un homicide sur le cœur, hélas ! mais en ce moment
son souvenir s'est attaché à une histoire assez
plaisante qu'il me racontait.

— « Laquelle ? »

— Il avait je ne sais quel emploi en Afrique,
quand, un beau matin, une femme se vint plaindre
à lui de la bastonnade que lui avait infligée son
mari l'avant-veille. Le jeune capitaine appela
l'agresseur à la barre de son tribunal, où il lui
adressa de graves reproches. Comme conclusion,
il lui dit : On quitte une femme quand elle
se conduit mal, mais on n'a pas la lâcheté de
l'assommer.

Le mari se gratta le bout de l'oreille, puis il
fit au juge la question que voici :

— Je suppose, capitaine, que vous eussiez une
femme qui, au lieu de faire la soupe, s'en allât
danser, que feriez-vous ?

— Je lui interdirais la danse, répondit l'autre.

— Mais si votre femme vous répondait : Peu

importe que tu grondes, je n'en ai pas moins dansé ?

— Je ferais ce que vous avez fait, ajouta le capitaine en riant... Mais il ne riait plus, je vous l'assure, quand j'allai le voir à bord accompagné d'une sœur. Il était aux arrêts, et Dieu sait ce qui se passa dans mon âme lorsqu'il me tendit une main qui, la veille, avait plongé la pointe de son épée dans le cœur d'un frère !

— « Quelle malheureuse affaire, chère demoiselle ! » fis-je péniblement affecté.

— J'ai remarqué souvent que les sots disent les sottises pour laisser aux gens d'esprit le soin de les faire. Difficilement trouverait-on un homme plus spirituel que le capitaine R... La grâce et l'amabilité semblaient en lui se donner la main. Quel charme avait sa causerie ! Sa voix se mariait aux nuances du récit avec une harmonie vraiment enchanteresse. Il vous souvient qu'il était ici en qualité de capitaine instructeur, et combien j'étais surprise de lui voir fuir la société et vivre isolé de ses compatriotes.

La femme qu'il avait amenée de France mourut, et de quelle mort, mon Dieu ! Il la pleura amèrement et fut environ deux mois sans voir âme qui vive ; j'en excepte ma tante. Il n'avait pas d'amis, et qu'il était à plaindre !

Mais comme la douleur n'est éternelle que chez les fous, le démon de la solitude le vint surprendre ; il rentra dans le monde, et qu'y trouva-t-il ? des paroles acerbes, un éloignement, disons le mot, de mauvais goût. Un de ses collègues poussa le ressentiment jusqu'à le traiter de marchand de châles, parce qu'il avait eu la fantaisie d'en envoyer trois ou quatre aux membres de sa famille.

Grave injure, selon lui, et qu'à sa place j'aurais prise en riant. Les petites malices ne portent coup qu'en raison de l'importance qu'on leur donne. D'autre part, il devait se souvenir qu'il était chrétien et qu'à Dieu seul appartient le droit de disposer tant de sa propre vie que de la vie d'un autre. Bref, les deux capitaines en étaient au moment de tirer l'épée, quand ma tante intervint, au nom de Dieu et de ses préceptes ; on lui promit d'en rester là.

Et pourtant, quelques jours après, un homme entrait à l'hôpital, ne sachant dire que : Marabet ! Marabet !

Et la Marabet sortit du laboratoire, criant à son tour :

— Qu'est-ce ? que me veut-on ?

Un soldat turc court précipitamment à elle :

— Marabet, lui dit-il, dépêche-toi, le capi-

S

taine F... s'est battu en duel ; il est à l'École
militaire, grièvement blessé ; viens lui tâter le
pouls, cela le soulagera.

Evet (oui), répondit ma tante, plus morte que
vive, en faisant signe à l'aumônier de l'hôpital
d'approcher.

— Vite, à l'École militaire ! fut tout ce qu'elle
put dire en se précipitant vers la porte.

Don Antonio prit le devant au pas de course ;
sœur Pauline le suivait et je la suivais aussi,
mais un peu à distance de peur qu'elle ne me fît
rebrousser chemin.

La marabet est devenue folle, dit un Turc en
lui voyant arpenter le chemin avec une agilité de
quinze ans : *deli, deli* (folle, folle), dit un autre,
et c'est grand dommage, car elle tâte admirablement le pouls.

Arrivée à la porte, je me rapprochai de sœur
Pauline qui s'écria en me voyant : Pourquoi
petite, m'as-tu suivie ?

— *Tchabouk* ! *tchabouk* (vite), marabet, dit aussitôt la sentinelle. Le temps presse.

Mon Dieu ! quel spectacle s'offrit à nos regards.
Au milieu d'une vaste pièce, un homme la poitrine nue respirait à peine, étendu sur un lit
de camp ; un autre à genoux, tenant d'une main

le glaive homicide, de l'autre, la main du mo-
ribond.

— Malheureux, qu'avez-vous fait! s'écria la
fille de saint Vincent ; vous m'aviez promis de
ne pas vous battre!

Le survivant était sans voix ; il ressemblait à
un condamné à mort ; et nous tombâmes à genoux devant ce corps que deux minutes sé-
paraient de l'éternité.

Quelle gravité que l'approche du moment suprême ! Les Turcs eux-mêmes, tout fatalistes
qu'ils sont, s'émurent à la vue du meurtrier im-
plorant le pardon de sa victime, de deux femmes
en pleurs appelant sur tous les deux la miséricorde du Sauveur.

Oui, on aurait entendu un soupir quand le
prêtre adressa ces paroles au mourant :

— Demandez-vous pardon à Dieu de vos fautes
passées, notamment du crime dont vous êtes la
victime ?

Les yeux seuls du mourant répondirent aux
paroles du ministre de Dieu... Son dernier souffle
s'enveloppa dans le dernier mot de miséricorde
et de paix.

Qu'il est beau et touchant le rôle du prêtre
catholique! Nous montrer la route qui mène à
Dieu, nous ouvrir les portes de la gloire, telle est

sa mission sur la terre ; et semblable à un stylite, le prêtre romain plane sur le monde, à l'effet de mieux plonger dans le fond de ses misères !

— Que ne suis-je à sa place ! murmura le capitaine R... Le malheureux en ce cas est toujours celui qui survit.

— On prévoit les regrets avant la faute, répondit ma tante en se levant, mais on n'en connaît bien toute l'amertume qu'après. Levez-vous, capitaine, venez à l'hôpital, refuge de tant de douleurs et d'infortunes ; vous vous prosternerez devant Dieu, vous le supplierez de vous faire miséricorde, moyennant la résolution de résister à l'avenir aux tentations de l'orgueil. L'humilité, voyez-vous, est une vertu d'autant plus agréable à Dieu qu'elle répugne plus à la nature.

L'infortuné ne retrouva des forces que pour briser son épée. Don Antonio se vit dans la nécessité de procéder à une partie de sa toilette et de le conduire comme un enfant.

Trois heures plus tard, le capitaine était aux arrêts, à bord de l'*Égyptus*, paquebot qui le devait ramener en France.

Le lendemain, accompagnée d'une sœur, j'allai lui porter une croix en souvenir de ma tante ; il la pressa sur sa poitrine, n'osant pas la porter à ses lèvres.

— Vous devez me bien mépriser, mademoiselle, dit-il ensuite, vous qui connaissez la majeure partie de mes misères !

— Vous mépriser, non ; vous plaindre de toute la force de mon âme, oui.

— Que feriez-vous à ma place ?

— Je me ferais trappiste, telles furent mes paroles d'adieu.

Enfin voilà la marabet qui nous revient, reprit la jeune fille en nous montrant du doigt la supérieure ; elle m'a quittée pour se rendre auprès d'une malade, digne de sympathie à plus d'un titre.

Et Mme de..., comment se trouve-t-elle, s'écria cette excellente enfant à l'entrée de sœur Pauline ?

— Parfaitement, répondit la fille de saint Vincent ; elle est, je l'espère, dans le sein de Dieu. Oui, cette âme, cruellement éprouvée en ce monde, est allée recevoir la récompense de sa résignation. Sa vie n'a été qu'un perpétuel recours à Dieu, et Dieu aussi lui a donné la force d'être grande à chaque étape de la route. Ces âmes-là sont le sel de la terre.

— Avec quelle joie, bonne sœur, je quitte ce monde, m'a-t-elle dit en pressant la croix de mon rosaire. Sans doute, je laisse deux enfants sur la terre ; mais une fois là-haut, je prierai le Père des miséricordes de leur épargner la terrible lutte du bien et du mal.

Cinq minutes après, elle était morte pour le temps.

Sœur Pauline resta un moment silencieuse en voyant les yeux de sa nièce remplis de larmes; mais celle-ci, bientôt revenue de son émotion, s'écria d'une voix vibrante et passionnée :

— Heureuse es-tu d'être avec Dieu ; délivrée des misères de ce triste monde! Là, où tu es plus de mystères; aucun de ces doutes qui martyrisent les cœurs en proportion de leur délicatesse.

— Qui est cette personne? demandâmes-nous à la supérieure.

— Ma nièce, don Alonso, aura le temps de vous raconter l'abrégé de sa vie dans la journée de demain, répondit sœur Pauline en prenant la main de la jeune fille. Du courage, mon enfant! ajouta-t-elle avec tristesse, dis-moi ce qui t'afflige?

D'abord, objecta Mlle Marie, puis-je espérer le prompt rachat de la pauvre illyrienne? Mme de Br... vous a-t-elle promis de s'en occuper? Ferez-vous aujourd'hui, bonne tante, une démarche auprès de l'ambassade de France?

Et tout cela bien assuré, la jeune fille reprit en sous-œuvre l'incident du naufrage et la visite à Bébek.

— Non certes, poursuivit-elle, rien ne m'a autant blessée ni ne me blessera jamais autant que les allusions de la mère de M. C .. Quoi de plus insultant que d'oser proposer de sacrifier sa foi à l'appât des richesses, à ce besoin de faire figure qui, malheureusement, caractérise notre époque !

Deux jours après cette visite, jours passés à verser des larmes, je ne fus pas peu surprise d'apercevoir M. C... faisant partie d'un groupe d'Arméniens hérétiques, assis sous un vieux chêne de Kalender. A mon approche, il se dégagea du groupe, vint à moi sans déguiser l'ennui que lui causait la vue de mon petit Joseph.

Compliments échangés : A quel événement, lui dis-je, devons-nous votre présence à Kalender ?

— Au bonheur de vous voir, me fut-il répondu ; oui, vous êtes l'objet de mes rêves et de mes plus chères espérances.

— Une déclaration en plein vent, observai-je en souriant du bout des lèvres, n'est jamais faite ni prise au sérieux. Je la prends d'autant plus comme une plaisanterie, que nos croyances mettraient une barrière infranchissable entre vous moi.

Je m'approchai du groupe aimable comme d'ordinaire, mais toujours bruyant, des Arméniens. La position était embarrassante ; placée en face du jeune homme, je n'osai ni lever la tête ni répondre aux questions qui m'étaient adressées.

Quel bien-être aussi je ressentis quand mon petit garçon me dit à voix basse :

— Je vois, maman Mériem, que tu t'ennuies ; veux-tu que je demande à partir ?

Et, sur un léger signe, Youzouf témoigna, en enfant gâté, le désir de prendre du champ.

— En vérité, cet enfant est trop fatigant, me dit aussitôt M. C... Pourquoi, mademoiselle, vous charger de le traîner ainsi à votre suite, alors que rien ne vous y oblige.

— Vous vous trompez, monsieur, une chose m'y oblige, et c'est l'affection que je lui ai vouée. Je ne suis jamais plus heureuse que lorsqu'il est à mes côtés. L'innocence de l'enfance plaide en faveur de nos misères.

— Et je t'aime, tu sais comment ! ajouta ce cher petit enfant en me montrant le ciel du bout du doigt.

— Pauvre petite ! interrompit la bonne supérieure, combien, maintenant, je m'explique ta pâleur ! Mais encore du courage ! et tu auras le mérite de remporter à toi seule la palme de la victoire.

— Je songe à ma mère, poursuivit la jeune institutrice, c'est la meilleure sauvegarde contre les pensées dangereuses et les suggestions de la vanité.

Rentrée dans ma chambre, témoin de mes souffrances, je priai de nouveau Notre-Seigneur de m'épargner une lutte qui n'en brisera pas moins mes forces, quel que soit le triomphe.

En somme, la rencontre de Kalender fut suivie, à quelques jours près, d'une visite à Yeni-Keui, et, comme la première fois, il demanda à me voir, sous prétexte de reconnaissance. Quelques lignes de Mme Elenca m'invitèrent à descendre. Et je descendis l'escalier de marbre, semblable au roseau battu par la tempête.

Le visage de M. C..., jusque là empreint de tristesse, s'épanouit à ma vue. Il se leva pour venir à ma rencontre et me glisser ces mots :

— Je suis malheureux, et vous l'êtes aussi ; de grâce, facilitez-moi quelques secondes d'entretien ; je veux vous voir seule, oh! seule !

J'entrai au kiosque, sans répondre ; ma pensée, poussée vers l'avenir, le voyait s'assombrir de plus en plus.

On parla de la pluie et du beau temps, début

ordinaire dont je me félicitais, lorsque le jeune
homme demanda la permission de m'entretenir
seule.

— A quoi bon ? répondis-je ; un peu plus tôt,
un peu plus tard, ces dames doivent être initiées
au secret.

— Il est de ces choses qu'on éprouve le besoin
d'exprimer en particulier, répondit-il, sauf à
laisser ensuite toute espèce de latitude aux
étrangers.

— Assurément, répondit Mme Elenca en se
levant, et, toutefois, si nous renonçons volontiers à vos belles phrases, nous ne perdrons pas
les gestes de votre éloquence. Nous allons donc
nous installer en face des croisées qui donnent
sur le jardin.

Une fois seuls, M. C... respira ; car il étouffait.

— Enfin, dit-il, je peux vous parler sans té-
moins ! vous exprimer les sentiments que m'ont
inspirés vos belles et touchantes qualités !...
Non, rien ne saurait nous empêcher de nous
unir.... Vous embrasserez mes croyances, parce
qu'il le faut.... parce qu'il ne m'est pas possible
de faire accepter à ma famille une épouse catholique.... Vous le ferez pour moi, n'est-ce pas ?...
pour moi, qui n'ai qu'un désir.... de vous rendre
aussi heureuse que vous le méritez.

Il se tut, sa figure était en feu.

— Je ne m'explique pas, lui répondis-je avec autant de calme qu'il mettait d'animation, les sentiments que j'ai pu vous inspirer. Évidemment, c'est une bizarrerie de la nature, qui, dit-on, en est coutumière....

Non, je n'embrasserai jamais vos croyances, et cela pour une raison péremptoire, c'est que je vous crois complétement dans l'erreur. C'est donc à ce point de vue, et sans que vous le sachiez, une infamie que vous me proposez. Quelle confiance pourriez-vous avoir dans une femme qui aurait sacrifié à sa vanité la foi de son baptême, de ses pères et de sa patrie ? Votre proposition est trop blessante; c'est outrager l'infortune, pourtant si respectable quand elle est supportée noblement.

Il devint d'une pâleur extrême : Mon Dieu, murmura-t-il, que je suis malheureux !

Je continuai : Je suis loin d'être portée vers le mariage; les obligations inhérentes à cet état m'ont toujours effrayée, ou pour parler autrement, je suis encore loin de m'adjuger les qualités que vous voulez bien me supposer. Une seule chose pourrait peut-être me décider, et ce serait de frayer le chemin de l'Église catholique à un frère égaré par l'ambition de ses pères.

Vous pouvez rentrer, mesdames, dis-je en suite en ouvrant la croisée; ce que M. C... avait à me dire et ce que j'avais à lui répondre est dit.

— Tu as agi en femme forte, dit sœur Pauline à Mlle Marie, en la pressant contre son cœur; tu ne diras plus, je l'espère : Je ne vais à l'hôpital que pour me faire gronder.

Croiriez-vous, monsieur, d'après ce qui précède, ajouta la bonne supérieure en s'adressant à nous, qu'elle m'est arrivée cinq ou six fois au dispensaire affublée du tablier de cuisine de sœur Philomène, uniquement pour avoir le plaisir de le lui faire chercher dans tous les coins?... La suite, mon enfant?

— M. C.... prit congé de ces dames, dix minutes après leur entrée au kiosque, pâle et défait comme s'il eût porté des atteintes d'une maladie de six mois.

J'en suis enfin délivrée! m'écriai-je une fois seule. Quelle pensée de s'adresser a une pauvre fille, quand il y a tant de Grecques et d'Arméniennes qui eussent si fortement tenté d'acquérir sa personne et son paradis humain!

Cette joie devait être de courte durée; le lendemain, je recevais une lettre qui est encore à lire : j'eus le pressentiment qu'elle venait de lui. Une Arménienne que j'ai soignée pendant une longue maladie, la remit à l'intendant qui me la remit à son tour, en l'accompagnant de cette réflexion :

— C'est une aumône élégamment demandée. Quelle idée de vous écrire, alors que la porte de Cocona Elenca est toujours ouverte aux malheureux ?

— Il fallait le lui demander, répondis-je.

— C'est ce que j'ai fait, mais en pure perte.

— Vous me ferez plaisir, lui dis-je, de ne plus accepter de missive pareille et d'intimer cet ordre au personnel de la maison.

Sœur Pauline parcourut ladite lettre, visiblement troublée ; puis, elle la mit dans son bureau.

— Au fait, dit-elle après un moment de réflexion, il est bon que tu en prennes connaissance ; parcourez-la donc à vous deux ; je vais remettre les clefs à la sœur chargée de me remplacer en mon absence.

Prêtons l'oreille :

« Combien, mademoiselle, vous avez été cruelle ! Nous m'avez vu m'éloigner le cœur brisé, et pas une parole de paix ou d'espérance ne s'est échappée de vos lèvres ? Vous m'avez rendu le plus malheureux des hommes, et, quoiqu'il en soit, je ne saurais vous accuser. Non, le cœur d'une femme que j'ai vue si bonne, si empressée, si aimante, ne saurait dicter de ces paroles qui foudroient sans tuer.

« Vous dites ne pouvoir pas vous expliquer les sentiments que vous m'avez inspirés ; mais est-ce bien vrai ? La parole, en ce cas, vous aurait-elle été donnée pour voiler votre pensée ? Connaître le cœur humain, est, ce me semble, l'une des prérogatives des intelligences d'élite. Et à ce point de vue, oui, vous comprenez mes sentiments, quelle que soit votre réserve.

« Certes, les raisons que vous m'opposez sont peu sérieuses ; ce que je demande de vous est au nombre des choses possibles ; les exemples surabondent, en Europe surtout, où l'intérêt l'emporte fréquemment sur les sentiments du cœur. Vous me direz que cela est déplorable, que de tels exemples ne sauraient influer sur votre manière de voir. D'accord ; mais ici, rien de tel n'existe : vous aplanissez seulement les difficultés qui s'opposent à l'union de deux cœurs, faits l'un pour l'autre...

« Encore, non, je n'ai renoncé ni à mes rêves, ni à mes espérances. Dieu nous a permis de nous rencontrer sur le chemin de la vie, pour être l'un à l'autre, et rien que la mort ne saurait nous séparer !

« Veuillez, etc.   « A. C. »

La physionomie de Mlle Marie d'habitude si impressionnable resta impassible à la lecture de cette lettre, faite cependant pour émouvoir. Tant de calme nous attrista. Que se passait-il dans son âme, à quel parti s'était-elle arrêtée?

— Assurément, voilà un plaisant homme, dit-elle enfin. Il faut renoncer au Catholicisme, à la foi que j'ai sucée avec le lait de ma mère, pour aplanir les difficultés qui s'opposent à l'union de deux cœurs, absolument comme si je lui avais fait un aveu quelconque. Son humilité nestorienne se refuse à l'idée de croire qu'il ne m'a pas éblouie ou persuadée du premier coup. Quelle conquête pour l'hérétique Arménie que l'apostasie d'une française, nièce de la supérieure de l'hôpital!

Un silence profond succéda à cette explosion d'amère ironie.

— « A quoi pensez-vous? » demandai-je.

— A votre fatuité, ô hommes : souvent vous nous croyez éprises de vos perfections, quand nous prions Notre-Seigneur de vous dessiller les yeux. L'idée qu'un homme est toujours conquérant a tellement pris racine dans certaines têtes, qu'il m'est arrivé d'en rencontrer de sots et de laids, qui se croyaient invincibles. En général, quand on a le sens commun, on ne s'attache pas à une personne comme à une statue ; les qualités qui forment l'être moral , voilà ce qui séduit et doit séduire. Jusqu'à présent, je ne connais de M. C... que sa belle prestance et son entêtement à me faire renoncer à la foi de mon baptême. Quant à ce qu'il dit de notre Europe, rien d'étonnant. Démontrer la légèreté des femmes, tel est le thème de la plupart de nos romanciers; thème d'autant plus déplorable, qu'il peut retomber par contre-coup sur leurs filles et leurs mères.

Le capitaine R..., auquel je fis un jour cette observation, m'avoua que j'étais dans le vrai. Plus tard, il assurait que la compassion faisait partie intégrante du cœur de la femme.

Sur ce, assez, ami don Alonso, pour aujourd'hui, car la cloche nous appelle au salut !

CHAPITRE VI.

Le Juif du Vendredi saint.

> Les vertus de la femme empêchent
> l'homme de douter du bien : sa foi fait
> croire en Dieu; son espérance fait croire
> en l'autre vie; les inépuisables trésors de
> sa charité font croire au ciel et en donnent
> un avant-goût; et sa prière s'étend comme
> un ombrage protecteur sur toutes les vertus
> de famille.
>
> SAINTE-FOY.

La matinée était superbe, bien qu'elle fît partie du mois d'octobre, ce mois justement redouté du matelot,

Le soleil se glissait comme furtivement à travers les persiennes de notre chambre. Se lever à la hâte, ouvrir la croisée, à son apparition fortuite, est toujours l'affaire d'un instant. Mais, hélas! le petit Champ des Morts, à la fois promenade et cimetière, s'offrait à nos regards triste et silencieux. Le soleil, si radieux ailleurs, projetait, à travers les sombres allées des cyprès, des lueurs de lampe mortuaire. Plus sérieux que les Orientaux, auxquels il aurait pu servir d'exemple, les teintes de ses rayons étaient en harmonie avec la gravité d'un lieu que Job définit ainsi :

« Là, les impies ont cessé leur tumulte ; là, reposent les forts ; là, sont les petits et les grands, et l'esclave est délivré de son maître. »

Une pensée lugubre et pourtant salutaire s'interposait entre le sourire du matin et les espérances qu'il évoquait, comme un appel au but que nous poursuivons tous en entrant dans la vie. « Frère, il faut mourir ! » murmuraient à nos oreilles les branches des cyprès soulevées par la brise, tandis qu'en levant les yeux, une nappe diaphane de nuages légers ondulait sous le même souffle et plongeait la pensée dans un lointain avenir.

Le ciel et la mer ! quoi de plus grandiose ! Quelle analogie dans leurs teintes ! quel accord dans leurs murmures ! Quand l'un se surcharge de nuages, l'autre soulève des montagnes d'écume ; quand l'un nous menace de la foudre, l'autre entr'ouve des abîmes ; quand l'un paraît rayonnant d'étoiles, l'autre déroule des miroirs argentés. Tous deux sont les sujets de nos rêves et de nos espérances ; l'un nous montrant le terme du voyage de la vie, l'autre exprimant nos désirs d'arriver au port.

Quel sujet aussi de méditation, et combien de temps y aurions-nous passé, sans la brusque apparition d'un domestique qui nous vint dire a l'oreille, en marchant sur la pointe des pieds :

— *Tchélébi* (monsieur), tu as pour *moussaphir* (visite) un riche personnage.

— « Qui est-ce ? demandai-je, suffisamment contrarié.

—Tchélébi C...

—Qu'en as-tu fait? repris-je.

— Qu'en faire, sinon le faire entrer au salon ? On ne renvoie jamais des personnages de cette espèce.

—Porte-lui ce journal, et dis-lui de vouloir bien m'attendre un instant. »

Et M. C... nous fit dire également de prendre le temps nécessaire; il attendrait volontiers.

La visite matinale d'un jeune homme habitué à mille et mille salamaleks, à toutes les flatteries que dame fortune traîne à son char triomphal, ne laissa pas de nous préoccuper. Évidemment, Mlle Marie nous valait cette visite inattendue et embarrassante.

— Que d'excuses j'ai à vous faire, don Alonso, dit-il en nous apercevant, si j'ai quelque droit à votre indulgence, c'est qu'on m'a assuré qu'il n'était guère possible de vous rencontrer chez vous

que le matin. Je sais que vous donnez des leçons
au fils du sultan et que vous professez les mathé-
matiques à l'école du génie.

— J'en suis désolé, pour vous, répondis-je;
vous lever de grand matin, ne doit guère être
dans vos habitudes.

— Les habitudes changent selon les circonstances, ajouta tristement M. C... Mais venons
au but de ma visite. Nécessairement vous devez
lui en supposer un, puisque je n'ai pas l'honneur
de vous connaître particulièrement. Vous êtes en
relation avec Mlle Marie, institutrice des enfants
de Mme Elenca?

— Oui répondis-je, non seulement nous sommes
compatriotes, mais encore du même pays et quelque peu parents.

— En ce cas, permettez-moi de vous serrer la
main, dit le jeune homme en me tendant la sienne
avec une amabilité rehaussée par l'élégance de
toute sa personne.

Une taille élancée et bien prise, des traits parfaitement réguliers, la forme ovale de son visage reproduisaient le beau type arménien, dé-
généré chez la plupart de ses compatriotes. Sa
mise m'aurait paru probablement recherchée,
s'il n'avait pas eu l'aisance de l'habitude.

— Mais vous, monsieur, comment connaissez

vous ma jeune compatriote et ma parente même, dis-je ensuite au jeune homme ; votre émotion, en me parlant d'elle m'est l'indice d'un profond intérêt dont je me réjouirais, si de graves obstacles ne s'opposaient pas à toute union.

—Permettez-moi encore, ajouta le jeune homme, de vous rapporter des faits déjà connus. Parler d'elle, ne penser qu'à elle, c'est ma vie bien abreuvée de fiel... Hélas!

Mon Dieu, murmura-t-il à la fin de son récit, est-ce que je voulais m'y attacher? Ai-je commandé aux vents de souffler, à la mer de soulever ses vagues pour me jeter naufragé en face de la maison qu'elle habitait? Tout cela s'est accompli indépendamment de sa volonté et de la mienne!...

La femme plaît surtout, monsieur, quand elle est naturelle, et Mlle Marie le fut d'autant plus qu'elle était à mille lieues de supposer qu'en donnant un libre cours à son intelligente gaîté, elle attirait ma sympathie comme l'aimant attire le fer.

La douleur dont ces paroles étaient imprégnées, nous frappa vivement ; M. C... était de bonne foi, et la bonne foi mérite toujours d'être prise en considération.

—Calmez-vous, dis-je, le calme est la seule

manière d'envisager froidement les questions.
Vous êtes nestorien et Mlle Marie catholique;
un mariage ne serait donc possible qu'autant
que vous renonceriez au nestorianisme, ce que
vous ne ferez pas, puisque vous demandez in-
stamment le contraire, sans tenir compte des
blessures que vous pouvez porter à ce digne et
noble cœur. Suivez mon avis, car je le crois sage;
c'est de mettre le naufrage et ses suites au rang
de ces rêves qui font désirer ardemment le lever
du soleil. Croyez-moi, n'écrivez plus de lettres
comme celle que vous avez adréssée.

— Vous me conseillez l'impossible ! s'écria le
jeune homme : d'accord avec la marabet de l'hôpital français, vous voudriez sacrifier l'avenir de
cette intéressante personne aux ridicules subtilités du Catholicisme. Non, cela ne sera pas.

— Je sais, monsieur, répondis-je nettement,
qu'il est prudent et sage de respecter l'amour
propre des gens qui ont plusieurs millions à leur
disposition, et pourtant, si vous étiez autre part
que chez moi, vous sauriez ma pensée en deux
mots. La spontanéité du cœur de cette jeune
fille, son empressement à vous obliger, lui vau-
dront une persécution qui n'aboutira qu'à briser
son avenir, qu'à mutiler son cœur tout dévoué à
la famille dans laquelle vous l'avez rencontrée,

qu'à désoler des personnes empressées à vous servir. Telle est, du reste, la récompense habituelle du bien qui se fait en ce monde, et c'est pour cela aussi que Dieu s'est chargé de le rémunérer ailleurs. En ce qui touche la supérieure, hier seulement elle a su le premier mot de vos instances auprès de sa nièce, et, cela va sans dire, elle a loué et encouragé la résistance de la jeune fille.

— Pardonnez-moi, exclama M. C...; faites la part de la douleur qui m'accable. Mon aversion pour les catholiques n'existe plus. Elle est catholique, et une religion qui sait inspirer autant d'abnégation, de désintéressement, ne saurait tromper. Quoi de plus admirable qu'une jeune personne consacrant ses moments de loisir à travailler pour les pauvres, à les soigner avec une affection de sœur! Parmi nous rien de tel n'a lieu. Au fond, pourrais-je la blâmer de sa résistance? C'est au contraire ce qui m'attire, ce qui me fait désirer avec passion de lier à jamais mon existence à la sienne.

Vous la verrez aujourd'hui, n'est-ce pas? dites-lui que j'ai presque amené ma mère à l'accepter sans condition. Reste le patriarche, difficile à vaincre, parce qu'il est le chef, ou le porte-drapeau, de notre église.

Et vous, monsieur, ajouta-t-il en se levant, veuillez bien me compter au nombre de vos amis et vous souvenir que j'habite Bébek, en été, et Péra, en hiver.

Ses yeux se remplirent de larmes lorsque de nouveau nous nous serrâmes la main.

Une heure après le départ du jeune homme, nous arrivions à l'hôpital. Mlle Marie était au vestibule, dans la tenue d'une personne qui rentre ou qui va sortir.

— « Sortez-vous? lui demandai-je.

— Non, répondit la jeune fille, je viens d'accompagner à sa dernière demeure Mme de....., une noble femme dont ma tante a reçu hier le dernier soupir. Malgré l'égalité de la mort, l'inégalité des rangs se fait sentir là comme ailleurs. Quant à moi, je ne me plaindrai pas de cette erreur; j'aurai la fosse commune. Mon testament se bornera à la demander. J'ai voulu jeter la première pelletée de terre dans cet abîme qui met un monde entre nous et qui accomplit les paroles du prêtre lorsqu'il dépose les cendres à nos fronts. Laissez-moi vous dire en quelques mots l'histoire de cette infortunée femme.

Mariée à seize ans, à un Européen, dont je tais le nom et la nationalité, elle s'est vue, à vingt-deux ans, mère de deux enfants, aban-

donnée de son mari qui s'est fait Turc. Le baron
de..., sans honte, sans remords, sans l'ombre de
considération pour une famille honorable, dont
une tante compte parmi les filles de saint Vincent, la laissa sans ressources; cette héroïque
créature supportait avec un courage surhumain
d'horribles souffrances, quand la Providence me
la montra du doigt à la chapelle des religieux de
Terra-Santa. Je m'approchai :

« Vous paraissez souffrante, lui dis-je; voulez-vous bien, madame, me permettre de vous
reconduire?

— *Sacef karisto* (je vous remercie), me fut-il
répondu d'un son de voix brisé. »

Mes instances me donnèrent l'occasion d'établir
un constraste entre le luxe poussé à l'excès et
le plus complet abandon. A l'un des coins d'une
pièce entièrement nue, deux petites filles enveloppées dans de méchantes couvertures dormaient
sur un grabat. Et leur courageuse mère était
tellement résignée à la volonté de Dieu, qu'elle
ne paraissait pas souffrir de sa misère. C'est que
son âme était arrivée à l'apogée de la vertu chrétienne. Le respect humain, cet œil de tous ouvert
sur chacun et de chacun ouvert sur tous, n'exi-
stait plus pour elle. Vous me connaissez, donc vous

savez si, en pareil cas, je prends quelque détour.

« Vous êtes catholique, lui dis-je, et je le suis également. Veuillez à ce titre me donner la douce satisfaction de vous venir en aide comme à une sœur. Je lui offris, en l'embrassant, tout ce que j'avais d'argent sur moi, et j'ajoutai une robe de percale que je venais d'acheter.

— C'est Dieu qui vous envoie! furent les seuls mots qu'elle put trouver pour me remercier. »

Mais ces remerciements valent toutes les louanges du monde, tout le luxe, toutes les jouissances. Le lendemain, ma tante se chargeait de la mère, dont la santé réclamait des soins qui n'ont abouti qu'à prolonger son existence d'environ trois mois; et les bonnes sœurs de Galata se chargeaient des deux petites filles. Le père a eu le courage de les aller voir, et j'y étais.

— C'est le baron de.... me glissa à l'oreille sœur Sophie.

— Ah! c'est donc vous qui êtes le baron de... m'écriai-je indignée, le mari de cette pauvre femme qui se meurt de consomption à l'hôpital, et que vous avez abandonnée!

Noblesse oblige, patrie oblige, paternité oblige: tout oblige en ce monde, monsieur, et vous avez foulé aux pieds toutes vos obligations d'honnête homme et de chrétien, pour céder à de tristes entraînements.

Sœur Sophie ne savait plus où elle en était; quant au baron, il ne put qu'articuler ces mots :

— Ah ! si vous n'étiez pas une femme !

— Et que ne suis-je un homme, non certes pour vous provoquer en duel, mais pour aviser aux moyens de vous faire rentrer dans la voie du devoir.

Le misérable avait refusé, l'avant-veille, d'adhérer au dernier vœu de la mère de ses enfants, de le revoir avant de rendre son âme à Dieu.

— « Oh! le malheureux », exclamai-je à mon tour.

— Quelle inhumanité, seigneur don Alonso, est celle de l'homme, quand la digue qui détourne le courant des passions est une fois rompue !

Je n'ose pas vous dire que je me suis réjouie quand j'ai vu la tombe de cette pauvre femme entièrement comblée. Adieu, ai-je dit à ce corps qui ne m'entendait plus; nous nous retrouverons dans la vallée du jugement. La terre à toi sera légère, parce que tes fautes le sont. Ton corps, alors transfiguré, s'élèvera dans les régions des béatitudes à la dignité d'auxiliaire de l'âme, car ayant eu dès ici-bas la conscience de nos destinés célestes, tu l'as dompté et réduit à ce rôle qui est le vrai.

Mais une femme turque qui, d'un cimetière voisin, avait entendu sinon le sens, du moins le son de mes paroles, s'est approchée : Pourquoi, m'a-t-elle dit, ne te baisses-tu pas? ne pratiques-tu pas un trou dans la terre? Je sais bien que les morts ont l'oreille fine, et pourtant ce serait prudent et sage de t'incliner. Caché à l'air, aux cyprès et aux passants, les paroles confiées à la tombe d'un être aimé qui s'est séparé de toi! Et quel est-il?

— Une sœur.

— Que lui viens-tu confier?

— Rien; les morts ne voient ni n'entendent. J'ai recommandé son âme à Dieu.

La Turque a fait un mouvement de tête négatif.

— Je te répète que les morts ne voient ni n'entendent; le prophète vous a égarés sur ce point, comme sur tant d'autres.

— Du moment qu'ils écoutent, cela suffit. Voyons, que lui es-tu venue confier?

— S'il faut cacher, dis-tu, aux cyprès, à l'air et aux passants, les paroles confiées à la tombe d'un être aimé, ta question me semble indiscrète. Sache, fidèle croyante, conformer tes actions à tes paroles, et tu posséderas un talisman que beaucoup sauront t'envier.

— Viens t'asseoir sur cette pierre, me dit alors la Turque en m'entraînant, nous causerons;

tu m'as l'air d'avoir l'esprit dégagé de nuages et la parole aussi vive qu'une rose de mai.

Je cédai à son invitation; pauvre femme! elle sentait le besoin de m'initier aux secrets de la tombe.

— D'où es-tu? Telle est la première question qu'elle m'adressa, une fois assises ensemble sur une pierre sépulcrale.

— D'un pays que tu ne connais pas.

— Raison de plus pour en parler.

— En ce cas, je suis Française.

— Tu te trompes! J'ai entendu parler de ton pays et je te plains d'y être née; on n'y croit pas en Dieu.

— Quel conte me fais-tu là? me suis-je écriée.

— Oui, Cocona, tous les croyants qui vont là en reviennent athées.

— C'est que ceux auxquels ce malheur arrive, ont fréquenté des gens qui s'imaginent que nier Dieu, c'est démontrer qu'on a la science infuse, et la négation de Dieu est le seul brevet de capacité que rapportent ces jeunes étourdis en rentrant dans leurs foyers.

— *Féna! féna!* s'est-elle écriée; Eblis doit habiter ton pays onze mois dans l'année; ils en sont tellement possédés à leur retour qu'ils ne font que se marier et se démarier. Tu dis, toi, que les

morts ne voient ni n'entendent; mais, s'il en
était ainsi, ce serait un grand malheur pour nous
autres femmes. A qui confier nos peines et nos
chagrins, sinon aux êtres qui nous ont été ten-
drement attachés! Je suis venu confier à mon fils
que son père me veut répudier, parce qu'il me
trouve vieille. Et tu veux, toi, qu'Allah ferme
les oreilles d'un fils à qui sa mère vient confier
ses douleurs! Non, te dis-je, cela ne saurait être,
car il est juste et miséricordieux.

— Que vas-tu faire une fois répudiée?

— Attendre qu'un autre homme me veuille
épouser, m'a-t-elle répondu en versant d'abon-
dantes larmes.

— Tu comprends donc la tristesse de ta position?

— On dit, Cocona, que les femmes musulmanes
sont plus intelligentes que les hommes; et sais-tu
pourquoi? C'est que rien ne dissipe les nuages de
l'intelligence comme le malheur. Tiens, je ne te
connais pas, je ne sais pas qui tu es; mais je de-
vine, à ta manière de t'exprimer, que tu as beaucoup souffert. Tu en es encore aux premiers mois
de la vie, et pourtant la rose de ton cœur s'est
effeuillée sans te laisser le temps de respirer son
parfum!

J'ai serré cette pauvre femme contre mon cœur.

J'ai même essayé de lui offrir des consolations,
sans y parvenir; la douleur l'emportait sur l'effusion de mon âme.

Tout aussitôt un infirmier m'est arrivé, chargé
de la part de ma tante de me ramener à l'hôpital.

— Adieu, lui ai-je dit en lui tendant la main;
je vais prier Allah d'avoir pitié de tes souffrances.
Peu après, je me suis retournée pour la voir
encore une fois; elle était penchée sur la tombe
de son fils, sa seule consolation sur la terre!

Et chemin faisant, j'ai songé à ce besoin de recourir ou d'évoquer les noms de nos pauvres parents. quand ils ne sont plus, aux heures d'angoisse. Qui, parfois, ne s'est pas écrié : O mon
père, ô ma mère, si vous étiez là, vous m'écou-
teriez, vous me consoleriez, vous sympathiseriez
à ma douleur, et votre sympathie relèverait mon
courage, souvent près de faiblir!

Nous étions entrés dans le cabinet de la supérieure, alors absente, où la jeune fille nous avait
raconté sa sortie du matin.

—« Veuillez continuer, lui dis-je, je vous écoute
avec un plaisir dont vous ne vous doutez guère;
surtout, ne me répétez plus avec un auteur de
vos bons amis : « Ah! qu'il me tarde que les années
m'aient apporté, comme autant de calmants, le
bienheureux état de la maturité? » La vivacité

de vos récits en augmente le charme, et rien de
cela ne s'écrit ni ne peut s'écrire! L'écriture n'est
tout au plus que le squelette de la parole, tandis
que la parole est nécessairement la lumière de
la Vie, et la Vie le flambeau de l'intelligence.

— Continuer quoi?... la charpente du livre que
vous vous proposez d'écrire aux frais de mon ga-
zouillage? A vrai dire, il aura au moins un mérite incontestable, celui de peindre les Orientaux
tels qu'ils sont. Il ne suffit pas de passer un mois à
Constantinople, de faire deux ou trois fois le tour
du Bosphore, de visiter le bazar, et notamment
de s'installer au grand Champ des Morts, un cigare à la bouche, pour oser prendre sur soi de
noircir trois ou quatre cents pages de songes
fantastiques.

Tout récemment encore, un romancier, que
vous et moi avons eu l'honneur de rencontrer,
inonda le rez-de-chaussée d'un journal des par-
fums qu'il a trouvés sous ses pas : « Une femme
« turque, dit-il gravement, m'a offert une rose
« cueillie sur une tombe ; je la conserve précieu-
« sement dans un sachet de satin blanc. » Or les
tombes, ici, sont d'une nudité attristante. De
simples pierres et des cyprès, tel est, en somme,
le monument dressé sur une tombe amie! Le fé-
cond romancier avait confondu une expression

de mépris avec une rose, pour l'enfermer dans un sachet de papier blanc et noir.

.Tant mieux donc si ma simplicité vous est bonne à quelque chose ; votre grandeur dédaignerait peut-être de s'asseoir avec un pauvre diable sur une pierre tumulaire, tandis que moi j'y trouve deux avantages : sympathiser aux souffrances des autres, approfondir les mœurs et les usages du pays.

Je ne savais ce que je devais le plus admirer dans cette jeune fille, de son cœur ou de son imagination. Je craignais de froisser l'un et l'autre en lui parlant de la visite que j'avais reçue le matin et dont je devais cependant l'instruire.

— « Croirez-vous lui dis-je enfin, qu'au moment où vous étiez au grand Champ des Morts, j'étais, moi, avec un aimable et beau jeune homme.

— M. C.., exclama-t-elle?

— Ni plus ni moins.

— Et pourquoi, grand Dieu?

— Rien de plus simple, il venait me parler de vous. Véritablement, bonne amie, il vous est sincèrement attaché, et toutes les concessions qu'il pourra faire dans les circonstances difficiles où il se trouve, il les fera. A votre tour d'y mettre quelque peu du vôtre.

— Qu'entendez-vous par cela? reprit-elle d'un ton sévère.

— J'entends... que si le mariage mixte était accepté par la famille, le temps, je crois, ferait le reste.

— Passez-moi, monsieur Alonso, une boutade de franchise, dit la jeune fille; vous raisonnez comme un pécheur craintif qui toujours en appelle au temps pour régler les affaires de son âme. La dernière heure arrive et il meurt ainsi, dit le catéchisme, qu'il a vécu. N'ai-je pas raison d'être peinée de votre catholicisme accommodant? Veuillez vous souvenir qu'en cotoyant à votre insu l'hérésie, vous affligez notre commune mère.

Oui, je vous répète, pour la millième fois, que la divine grandeur de l'Église est adorable : elle est humaine par excellence; elle condescend à tout ce qu'elle peut accorder. Oui, Rome prévaut et prévaudra toujours, comme Celui qui ne brise pas le roseau déjà cassé, qui n'éteint pas la mèche fumant encore.

Ah! le temps fera le reste, absolument comme si nous pouvions disposer du temps! Un mariage mixte? mais ceux qui les contractent n'ont ni cœur ni âme. Le *moi*, tel est le Dieu qui préside à ces mariages; et les parents qui les sanctionnent sont ou dévorés d'ambition ou dénués de religion. Où la mère chrétienne doit-elle trouver le vrai bonheur, sinon à développer l'intelligence prématurée de ses enfants par des leçons traduites du ciel à la terre! Et la femme qui abdique ces devoirs, n'abdique-t-elle pas le rôle pour lequel elle a été créée?

Avec quel sentiment de gratitude j'aime à me rappeler mes soirées d'enfance, ces soirées où nous chantions en chœur de saints cantiques, où ma bonne mère nous racontait, sous forme de légendes, des passages de l'Ancien et du Nouveau Testament en attendant l'heure du chapelet, cette heure où la pensée suit le salut de l'ange à Marie, tandis que la paix de Dieu s'étend au fond du cœur.

—Quel triste protecteur j'ai en vous! poursuivit la jeune fille, dont la figure était en feu. Qu'aviez-vous besoin de lui laisser une espérance, quand j'aimerais mieux mille fois mourir que de céder?

Une explosion de larmes succéda à ce mouvement... Mon Dieu, dit-elle ensuite, que votre volonté soit faite; cette nouvelle épreuve m'était nécessaire puisque vous me l'envoyez... Quoi! m'exposer à donner l'existence à de pauvres êtres sans m'acquitter en entier de mes devoirs de mère!... ne pas faire pour eux ce que ma mère a fait pour moi... Non, mon Dieu! vous ne voudrez pas cela...

— « Je ne réussis qu'à vous affliger, et si vous

saviez combien j'en souffre! Parlons d'autre chose, en attendant le retour de la sœur supérieure. Vous m'avez promis de me fournir des armes contre le P. Hilarion, que j'aurai occasion de voir un de ces prochains jours. Me permettez-vous de lui rappeler la dispute théologique de Kalender? »

— Assurément, répondit la jeune fille en souriant à travers ses larmes. Sa figure de parchemin me fit l'effet de caractères hiéroglyphiques où je déchiffrais : ignorance, entêtement, superstition. Ces trois mots réunis forment le type du papas grec dans toute sa perfection.

Ce mot de perfection nous fit sourire.

— Pourquoi ce sourire? don Alonso, demanda mademoiselle Marie. Est-ce à cause du mot perfection? Mais, cher monsieur, d'après tous les théologiens, la perfection se trouve tout autant dans le laid que dans le beau. Prenons un exemple, quoi de plus repoussant qu'une araignée? Eh bien! faites-en l'anatomie, et vous verrez que la perfection s'y trouve, que cette perfection est en harmonie avec ses instincts et avec sa profession, lesquels sont de filer des toiles et de les tendre pour prendre les mouches.

Il y aurait beaucoup à dire sur ce chapitre, mais, passons outre, car en ce moment tout ce qui s'accomplit autour de moi fatigue tellement ma pauvre tête, que j'ai oublié d'apporter à ma tante le journal que j'envoie tous les trois mois à ma bonne mère et dans lequel je lui raconte ma visite au harem d'un dignitaire de la Sublime-Porte. Ce jour-là, je vous le jure, je jouais le rôle d'une pie en toute perfection. Quel que fût mon babil pourtant, une dame turque m'assura, selon l'expression usitée, que le vent du sud avait dégagé ma tête de nuages, et que la vivacité de mes expressions ressemblait à l'éclat des roses du matin. Elle aurait pu ajouter à un télégraphe, pensai-je; autant de gestes, autant de paroles.

— « Combien je me réjouis, dis-je vivement à l'institutrice, que ce journal soit encore à Yeni-Keui; vous me le communiquerez, n'est-ce pas?

— J'ai fait la même promesse à ces dames; soyez jeudi sur le Bosphore.

Mais me voilà encore bien loin des armes à livrer au P. Hilarion. Cette fois pourtant j'y suis, et « pour de vrai », comme dirait mon petit Youzouf.

C'était un Vendredi saint, jour où l'on se sent disposé à pardonner toutes sortes d'outrages, si peu chrétien qu'on soit; jour où le souvenir d'un Dieu mort sur la croix pour satisfaire à la justice divine, inonde le cœur d'ineffables consolations. La justice et la miséricorde se sont embrassées, telle est l'idée qui nous domine tous, en arrosant de larmes les pieds ensanglantés du Sauveur.

Je sortais d'une chapelle desservie par des religieux de l'ordre de Saint-François, le cœur en paix, c'est-à-dire tout entier au sublime et touchant anniversaire, lorsque des cris frénétiques me frappèrent d'effroi : « Mort au *yaoudi* (juif) » sont les seules paroles qu'il me fut possible de distinguer à travers ce tumulte. Qu'est-ce? grand Dieu! me dis-je, à moitié morte de frayeur. Pourquoi ce cri de mort?

Le bruit s'accroît, et bientôt j'aperçois une masse de Grecs traquant un juif comme une bête fauve.

Que se passa-t-il en moi? je l'ignore; toujours est-il qu'une seconde me suffit pour être au bras du yaoudi, devenu aussi pâle qu'un cadavre.

— Rassurez-vous, lui dis-je en espagnol [1]; si on vous tue, vous ne serez pas seul; mais en ma qualité de Française, les lâches y regarderont à deux fois.

Malheureux! m'écriai-je ensuite en m'adressant à cette vile multitude, est-ce bien le jour où le Christ a pardonné à ses bourreaux qu'il vous faut

1. Les Juifs d'Orient ont conservé la langue de leurs pères pour la plupart chassés d'Espagne sous le règne de Philippe III. C'est sans doute un espagnol corrompu, mais compréhensible.

des victimes! Dans tous les cas, je suis Française, et gare à vous s'il m'arrive malheur!

— On te lapidera avec lui, dit une voix partie du milieu de la foule, ou bien sépare-toi du yaoudi, ce sont ces vils usuriers qui ont mis à mort le Christ, fils de Dieu!

— Lapidez-moi, répondis-je avec autant de calme que si j'étais assise sur un divan à vous raconter les détails du livre que vous devez composer.

Peu à peu, menacés du bâton par les uns, d'énormes pierres par les autres, nous arrivâmes en face d'une maison qu'habitait un professeur de piano auquel j'avais procuré plusieurs élèves; j'entraîne mon juif à la porte, et je ne sache pas de ma vie avoir donné un aussi rude coup de marteau.

— Panagia (sainte Vierge)! exclama le domestique à la vue de cet attroupement. Un yaoudi! Christos! viens nous en aide.... Mais, Cocona, c'est le feu que vous mettez à la maison. Ah! c'en est fait des vitres!...

On les payera *boudalou* (imbécile), m'écrai-je en poussant mon cavalier. Il était sauvé, moyennant quelques carreaux qui effectivement furent brisés. Les hurlements s'éteignirent à la longue. Disons à la louange des Grecs, qu'ils se sont quelque peu amendés depuis, grâce aux menaces de les mettre sous clef.

Voilà de l'héroïsme à fort bon compte, dis-je, la tempête une fois calmée : *Y por cierto, senor mie que no me debeis nada* [1], n'ayant pas pris le temps de réfléchir, j'ai bravé le danger sans connaissance de cause.

Le juif, c'était encore un fort beau garçon, aissa mon exclamation sans réponse.

— *Vamos, hombre que tiene usted?* repris-je de plus belles; *no ay mas que temer, pero ay mucho que reflexionar* [2].

Pas de réponse.

La peur lui aurait-elle paralysé la langue? pensai-je.

Enfin... C'est-à-dire au bout d'une bonne heure, mon Yaoudi desserra les dents pour me faire la question suivante en très-bon français :

—Qui êtes-vous, madame? Qui vous a portée à cet acte de dévouement, car c'en est un, quelle que soit votre délicatesse à diminuer le prix du service que vous m'avez rendu?

— Mon amour pour Celui que vos pères ont mis à mort à pareil jour, répondis-je à voix basse.

1. Pour sûr, Monsieur, vous ne me devez rien.
2. Allons, qu'avez-vous, il n'y a plus à craindre, mais beaucoup à réfléchir.

— A quelle secte chrétienne appartenez-vous, madame? reprit le juif.

— Je compte, Dieu soit loué! parmi les ouailles de l'Église universelle dont le chef est à Rome. Je suis catholique.

— Encore une fois, madame, veuillez bien me décliner votre nom?

— Monsieur, vous ne le saurez pas.

— Vous m'avez sauvé la vie.

— Quelques jours; tâchez donc d'en faire un bon usage, et je serai récompensée au centuple.

— Oh! les Grecs! quelle ca....., murmura le Yaoudi.

—Je vous l'accorde, ajoutai-je; puis, je la quittai en suppliant les gens de la maison de taire son nom et de ne le laisser partir qu'à la nuit, travesti en chrétien.

Une scène d'un autre genre m'attendait à la maison; à peine rentrée, mon petit Youzouf m'arrivait, sa charmante figure toute décomposée.

— Maman Mériem, s'écria-t-il, quel chagrin j'ai; on vient de nous dire que les méchants t'ont fait mourir!

— Pas du tout, mon petit, puisque me voilà.

— Ils t'ont voulu faire mourir, et j'ai dit quatre Notre Père au petit Jésus, sans manquer un mot, pour qu'il fasse mourir les autres, parce qu'ils

10.

sont méchants, et non toi, parce que tu es bonne.

— On prie Dieu, mon enfant, de changer le cœur des méchants, mais on ne le prie jamais de les faire mourir.

— « L'affaire du Vendredi saint en est-elle restée là, demandai-je à la jeune fille avec anxiété. Moins on cherche les aventures plus on en trouve. »

— Pas du tout, señor Alonso, quinze jours après, Pétros, qui fait partie du personnel de Péra, se présentait devant moi, mystérieux comme d'habitude.

— Cocona Mériem, dit-il, un doigt posé sur le coin de la bouche, un yaoudi veut absolument te parler. Ce doit être l'homme du Vendredi saint.

Le mystérieux Pétros avait deviné juste; c'était en effet mon yaoudi, aussi misérablement vêtu que la première fois.

— Que désirez-vous, monsieur? fut ma première question, à la suite du discours préliminaire.

— Vous exprimer ma reconnaissance, vous remercier mille et mille fois, vous prier, enfin, d'accepter un objet en souvenir de votre bonne œuvre.

Il mit la main dans une de ses poches, il en

avait trente-six en dessous, et il en retira un petit étui.

— C'est une simple bague, dit-il, bien que ce soit la plus belle que j'aie vue de ma vie.

— En supposant que j'aie fait une bonne œuvre, ne la gâtez pas, lui dis-je; car une bonne œuvre est tellement précieuse, qu'on en ternit l'éclat en y touchant même avec des pinces de diamant.

Le yaoudi n'insista pas, quant à la bague; mais il insista beaucoup pour me faire promettre d'aller à Hascueil visiter sa mère et sa sœur. Le surlendemain, nos communs amis, M. et madame G..., me proposaient d'être de la partie.

Imaginez-vous une maison mesquine en apparence, une allée à franchir, longue, étroite et mal tenue. Mais, arrivés au bout de l'allée, quel changement de spectacle! Une immense cour pavée de marbre blanc, minutieusement entretenue. Au milieu, un bassin aux parois de marbre blanc et rouge, où se miraient des vases de fleurs distribués avec un tact exquis; tout autour, des caisses d'orangers et de citronniers en fleurs remplissaient l'air de leur fort et enivrant parfum; en face, l'habitation principale, capricieuse et coquette, comme un soir d'été à la suite d'un orage.

— C'est une affaire de magie ou tout au moins de comédie, exclamai-je ; vous figurez-vous une une allée de mendiants aboutissant à une cour de princes ?

Un éclat de rire fit écho à mon exclamation.

Le yaoudi à la tunique criblée de pièces et de morceaux paraissait élégamment vêtu, empressé et courtois, heureux surtout de l'étonnement que me causait ce contraste, qu'une minute de réflexion suffit à m'expliquer.

— Soyez les bienvenus, dit-il ; votre visite nous est aussi agréable qu'elle était impatiemment attendue. Que vous êtes bonne d'être venue ! ajouta-t-il à voix basse.

— Vous ne me devez aucun remercîment. Je fais acte de curiosité, et rien de plus.

— Peu importe, du moment que vous voilà, reprit mon juif, de plus en plus empressé.

Trois marches de marbre blanc précédaient la porte d'entrée, s'ouvrant sur un magnifique vestibule pavé de mosaïque ; vis-à-vis, un escalier dans le genre de celui de Yeni-Keui, où nous attendaient une admirable jeune fille et une femme âgée d'environ cinquante ans. L'une et l'autre étaient vêtues à la turque, sauf la tunique qui était d'une richesse vraiment éblouissante. La coiffure aussi différait, la jeune fille portait un

turban de crêpe bleu parsemé d'étoiles de brillants, la mère une espèce de courbe blanche or-
née de perles et de rubis.

La mère fut un instant sans me pouvoir rien
dire; mais je devinais, à la manière dont elle me
serrait les mains, que j'occupais une large place
dans son cœur.

— Que n'êtes-vous de notre race! s'écria-t-elle
enfin; vous feriez la consolation de mes vieux
jours.

— Ne vous en plaignez pas, Madame, lui répondis-je, car c'est à ma foi catholique que vous devez
peut-être le salut de votre fils.

La jeune fille, alerte comme une gazelle, allait
et venait, rayonnante de jeunesse et de beauté,
en nous débarrassant de nos chapeaux et de nos
manteaux.

Le kiosque où nous fûmes reçus, la teinte du
satin exceptée, était à peu de chose près semblable à celui que nous avons décrit; un coussin,
de la taille d'au moins quatre édredons réunis,
occupait le milieu, et c'est là qu'on nous fit asseoir.

— Expliquez-moi, dis-je alors au jeune israélite, pourquoi tant de misère à l'extérieur et tant
de luxe à l'intérieur? Vous différez en cela des
Européens, si enthousiastes de la mise en scène.

La convoîtise turque y serait-elle pour quelque chose ? Messieurs les musulmans aiment beaucoup les brillants reflets de l'or, quelle que soit sa provenance.

— C'est cela même, répondit le jeune israélite.

Un dîner somptueux nous fut servi ; des rafraîchissements comme on n'en offre qu'en Turquie, et pour conclure, vint l'apologie du mosaïsme.

Je fis de mon mieux pour essayer de leur faire comprendre que le Messie promis à la maison de Juda avait accompli, depuis dix-huit cents ans, la loi et les prophètes, c'est-à-dire conquis l'empire des âmes, et que pour cela surtout il s'était incarné. Je leur citai des passages de l'historien Josèphe, non suspect sur ce chapitre ; mais ils me répondirent à l'instar de tous les fils d'Israël : « Ce sont les chrétiens qui les ont interpolés ».

Eh bien ! cet acte d'humanité envers ce juif m'a porté malheur : M. C.... en a eu connaissance, et le voilà décidé, plus que jamais, à lier, dit-il, son existence à la mienne.

Vers quatre heures de l'après-midi, nous prîmes congé de nos hôtes, et, une fois en plein air, nos amis s'accoudèrent contre un mur pour donner un libre cours à leur envie de rire, tandis que, sérieuse comme une matrone, je me pris à réfléchir sur l'endurcissement du peuple Juif.

— « Et je n'y étais pas ! » dis-je à l'intéressante institutrice.

— Votre Grandeur, monsieur Alonso, se serait révoltée à la vue de la maison, et vos membres se seraient roidis à l'idée de traverser la longue, étroite et sombre allée.

Si Achmet avait été de la partie, un mouvement de sa tête aurait suffi pour me traduire ces mots :

— Va, Cocona, tous les yaoudis du monde entier se tiennent comme les cinq doigts de la main. A propos d'Achmet, vous ai-je raconté notre colloque en passant hier devant Sainte-Sophie ?

— « Pas le moins du monde ! »

— Et ton pèlerinage de la Mecque, quand l'entreprends-tu ? lui ai-je dit à dessein.

— Tu en parles à ton aise, toi, Conona, absolument comme s'il s'agissait d'Aïa Sophia (contraction d'Agia).

— Es-tu au moins allé à Sofia, à la suite de ta distraction... tu sais ?

— Sofia m'inspire de la répulsion.

— Pourqui cela ?

— C'est l'œuvre des infidèles ; Aïa Sofia nous portera malheur.

Ainsi soit-il ! pensai-je.

— Féna ! féna ! poursuivit l'islamite, de laisser

subsister une mosquée qui porte encore les traces de cette race impie !

— Vieux fou, répondit Pétros, contente-toi de ramer au lieu de maudire ceux qui nous ont précédés dans la vie.

Je n'ai vu Sainte-Sophie qu'une fois restaurée, mais des catholiques m'ont assuré qu'aux galeries, qu'occupaient jadis les femmes grecques, se voyaient encore les noms d'illustres familles du Bas-Empire. La mosaïque des murs est conservée. La personne chargée de faire disparaître ces chefs-d'œuvre les a dérobés au fanatisme musulman sous une couche de plâtre chargée de dorures. Ma tante en fit ses compliments à l'architecte qui lui répondit en baisant la croix de son rosaire : « Nos neveux, bonne sœur, les retrouveront. »

Égoïste, ajouta la jeune fille, vous me feriez parler huit jours sans discontinuer, à l'effet de noircir quelques feuilles de papier. Heureusement que voilà la sœur supérieure, elle m'apporte une nouvelle que j'attends impatiemment, sans qu'il y paraisse.

Sœur Pauline entrait au même instant d'un air triste et découragé.

— Où en est l'affaire de la pauvre Illyrienne ? demanda anxieusement mademoiselle Marie.

— Les ministres de France et d'Autriche s'en occupent ; on est disposé à nous la rendre, dès que le prix d'achat sera remboursé ; mais où trouver ce prix ?

— Laissez-moi faire la bonne œuvre à moi seule, chère tante ; n'exposons pas les riches à faire de l'inhumanité sans mauvaise intention. Ils se fieraient tant les uns aux autres que nous n'aboutirions qu'à prolonger les souffrances d'une créature de Dieu. Mes boucles d'oreilles de diamant, que je n'ai jamais portées et que je ne porterai jamais, feront l'affaire. Tant pis si madame Elenca me montre de l'humeur !

— Pauvre petite ! s'écria la supérieure en pressant la jeune fille contre son cœur, combien peu te connaissent les gens qui s'imaginent qu'avec tant de femmes, tu fais consister la félicité de ce monde à posséder des jouets d'enfant !

CHAPITRE VII.

Le Baptême au harem.

> C'est dans la tempête que le pilote fait
> preuve de son habileté... Tant que le
> vaisseau vogue heureusement, le mouve-
> ment est doux et facile à supporter. C'est
> en luttant contre l'adversité que le vrai
> courage se montre dans son jour.

Ce ne sera pas aujourd'hui un rayon du soleil
de Dieu qui nous viendra surprendre en ouvrant
les yeux à la lumière. Qu'est-ce que le sommeil,
sinon la paralysie de nos sens au profit de l'âme,
qui, tout entière à elle-même, se crée des rêves
fantastiques à l'insu du corps, qui redevient si
exigeant à son réveil? Le repos de l'âme est de
se démettre pour quelques heures de son autorité
sur ce corps qu'elle régit.

C'est, disons-nous, un son de voix grave et
cadencé, ou plutôt une espèce de chant composé
de chutes et de soupirs, qui au lieu de récréer
les sens, inspire je ne sais quoi de triste et de
mélancolique.

Les chants des Orientaux nous ont toujours fait

l'effet de plaintes échappées des nombreux cime-
tières turcs qui envahissent de toutes parts la ville
des Constantin.

D'un bond, je fus à la croisée, et quel ne fut
pas mon étonnement en apercevant un homme au
visage pâle et amaigri, qui me faisait un signe
en indiquant la porte.

— C'est un fou, pensai-je.

La croisée, cela va sans dire, fut aussitôt re-
fermée qu'elle avait été lestement ouverte. Cependant, je fis réflexion que l'Orient est bien la partie du globe où l'on rencontre le moins de fous
proprement dits.

Par fou, on entend généralement un homme
ou une femme dont les facultés mentales sont
complétement éteintes, ou peu s'en faut; car les
tronçons d'idées qui survivent démontrent l'in-
tensité de la folie.

Pourquoi, en Orient, se présente-t-il moins de
cas d'aliénation que partout ailleurs? Rien de
plus simple, c'est que les Orientaux s'engagent
rarement dans les affaires dont la non-réussite
peut entraîner le déshonneur de toute une famille.
Ne soyons donc pas si fiers de nos progrès, qui
risquent d'aboutir à augmenter le nombre des pe-
tites-maisons.

Quant à l'ambition d'arriver au sommet de

l'échelle sociale, lorsque tous les degrés sont à franchir; rien n'est plus rare en Orient. De là, absence de ce travail incessant de la pensée qui mine le cerveau comme la gangrène carie les os. Là encore, pas d'abus de ces liqueurs alcooliques qui traînent de bonne heure leurs victimes à la tombe ou tout au moins dans un cabanon : les assassinats commis pour avoir trop bu d'absinthe n'y sont jamais à déplorer.

La voix poursuivait ses cadences, ses soupirs et ses chutes.

Poussé par je ne sais quoi d'irrésistible, j'ouvris de nouveau la croisée, et le même signe se reproduisit.

— Sois sans crainte, dit l'inconnu à voix basse en s'approchant, j'ai à te parler à propos de la nièce de la marabet.

— Es-tu catholique? demandai-je.

— Assurément, dit l'inconnu.

Cet inconnu n'était autre que le bon et mystérieux Pétros, dont la haute stature était enveloppée dans une pelisse bordée de fourrure et dont la tête était coiffée d'une grecque rouge surmontée d'un turban bleu.

— Toi! Pétros, m'écriai-je, et pourquoi ce mystère?

— Tchélébi don Alonso, répondit-il, j'ai à t'en

tretenir d'un fait grave. Donc, écoute-moi. Le frère de l'intendant de la famille C..., à qui la marabet a rendu de grands services, m'a fait appeler hier soir et m'a tenu ce langage :

« J'ai appris l'incident du naufrage et ses suites ; le jeune homme est sincère, mais la famille non. Sans doute, on consentira au mariage mixte, mais sauf à revenir là-dessus, le mariage une fois conclu. Hier, mercredi, pendant que le jeune homme était en kaïque du côté de Yeni-Keui, pour essayer d'entrevoir celle qu'il n'appelle ni plus ni moins que sa future, il y a eu grand conciliabule chez lui. On est convenu d'abord que les enfants qui pourraient survenir du mariage seraient préservés des erreurs de sa mère ; puis, que si elle s'obstinait à rester catholique, il faudrait amener peu à peu le fils à s'en séparer pour éviter un malheur ».

—Pourquoi se donner autant de soucis ! repris-je vivement, la nièce de la marabet ne consentira pas plus au mariage mixte qu'elle n'a consenti à se faire nestorienne.

—Elle a raison ; c'est toujours une position fausse, quel que soit le point de vue sous lequel on l'envisage ; c'est dire en toutes lettres que les religions sont bonnes ; or, qui les croit toutes bonnes n'en croit aucune : c'est un libre penseur.

— Un libre-jongleur, pensai-je.

— Le patriarche, poursuivit Pétros, le patriarche que vous connaissez doit sa position non à
son mérite, mais à l'or qu'il a semé à chaque de-
gré de son élévation. Personne de plus ignorant,
et qui dit ignorant en matière d'hérésie, dit su-
perstitieux et entêté. Lorsque la question du
mariage de son neveu avec *l'hérétique de Rome* s'est
agitée, sa figure, m'a-t-on dit, a pris des expressions effrayantes, bien qu'il ne soit pas à craindre.
Malheureusement, il monte la tête aux femmes,
si souvent implacables dès qu'un intérêt de cœur
est hors de cause.

Un échafaudage d'intrigues sera d'autant plus
aisément dressé, qu'on redoute l'influence de la
Française sur l'esprit du jeune homme à moitié
converti, et inutile d'ajouter que ce qui frappe
fréquemment à la porte de notre sens finit à la
longue par entrer dans notre esprit.

— Puisque tu as causé avec le frère de l'intendant, tu dois nécessairement, Pétros, connaître
la position de cette famille?

— Ils sont encore plus riches qu'ils ne le paraissent, et ce n'est pas peu dire. Comme famille,
c'est une des plus anciennes de la nation; de
père en fils, depuis la conquête de l'Arménie par
les Osmanlis, ils se sont adonnés au négoce qui,

pour eux, n'a été qu'un accroissement de richesses; le dernier rejeton que vous connaissez n'a pas hérité, tant s'en faut, des goûts de ses pères, il aime ce qu'on appelle le monde, il veut briller. L'intendant de sa maison, qu'il sait favorable aux catholiques, est le confident du seul chagrin qu'il ait éprouvé de sa vie, attendu qu'il en est ici-bas de l'amour, comme de la haine; il en faut parler quand même. Au moins vingt fois par jour, il lui fait cette question : Penses-tu, Yani, qu'elle voudra? — Que sais-je? répond l'autre.

—Oh! j'en mourrai, murmure alors le jeune homme, avec un profond accent de tristesse.

—Cette femme est donc bien belle, m'a demandé le frère de l'intendant, pour avoir ainsi captivé l'esprit de ce jeune homme?

—Belle, non, ai-je répondu; mais si vive, si enthousiaste, qu'elle anime, si dire se peut, les objets inanimés qui sont autour d'elle; joignez à cela une éducation sérieuse, et vous aurez le portrait de la jeune fille.

—Peu importe la cause, dit en soupirant le nouveau venu; M. C... n'abdiquera ses projets qu'en face de l'impossible, ce dont je suis désolé pour la marabet et la bonne Mériem.

—Il n'a qu'à se faire catholique.

—Tant que la mère vivra, il n'y faut pas songer; d'autre part, c'est risquer gros jeu avec ses coreligionnaires. Auras-tu, l'obligeance, ajouta-t-il en se levant, de communiquer mes observations à sœur Pauline?

Il est de ces choses qui pèsent sur le cœur comme une pierre sépulcrale; elles étreignent, elles étouffent au point d'entraver la respiration.

— « Pauvre enfant! m'écriai-je, tel est le résultat de la spontanéité de ton cœur, toujours prêt à se dévouer, mais ces cœurs-là, Dieu seul peut les récompenser, car leur vie n'est qu'un perpétuel holocauste! »

Une heure après, nous étions dans un kaïque faisant route vers Yeni-Keui.

La matinée était belle, eu égard à la saison; la mer soulevait des vagues qui imprimaient au kaïque un mouvement cadencé.

Au ciel mêmes teintes; çà et là se dessinaient des sentiers d'un bleu foncé pour se perdre sur une nappe diaphane; à travers les plis d'un voile légèrement azuré. Au loin, des villages, bâtis à l'ombre des cyprès d'un cimetière, plongent l'âme, sans qu'on le veuille, dans de profondes méditations.

J'y étais absorbé tout entier quand la voix de M. C... me réveilla; ce fut comme un coup de foudre. J'avais négligé de faire dévier mon kaïque de la côte, d'où m'aperçut le jeune homme fumant un cigare à l'une des croisées de son kiosque.

—Vous arrivez à point, Monsieur Alonso, dit-il en se dirigeant à pas précipités vers le trottoir, j'ai une excellente nouvelle à vous annoncer.

—Impossible ; je me rends au Bosphore.

— Vous allez à Yeni-Keui où j'irai demain ; donc raison de plus pour que je tienne à vous avoir. Yani, dit-il ensuite à l'intendant qui était dans le jardin, fais-nous servir à déjeuner au kiosque, et arrange-toi de façon à ce que rien ne manque.

Force nous fut d'accepter ; mais, à peine entrés au kiosque, M. C... s'écria :

—Oh ! sachez, ami et futur parent, que ma famille consent au mariage mixte. Mes coreligionnaires, cela va sans dire, jetteront des hauts cris, mais peu importe, je ne suis pas d'humeur à sacrifier ma félicité à des susceptibilités théologiques. On aurait voulu m'unir à une Arménienne sachant à peine lire et écrire ; je n'en veux à aucun prix.

Pétros m'a dit vrai, me dis-je à moi-même, et pourtant M. C... était si heureux que mon

11.

désir de le désenchanter s'évanouit comme une ombre.

Nous faisons grâce au lecteur de ses projets et de ses rêves, de sa joie, disait-il, de posséder une femme plus intelligente à elle seule que toutes les Arméniennes réunies, de la conduire en France aussitôt le mariage...

— En France, où vous renoncerez à Nestorius? dis-je en souriant.

— Oh! non; un honnête homme ne change jamais de religion.

— Si vos pères avaient pensé de même, vous seriez catholique au lieu d'être nestorien; sans quoi, vous déclarez que vos pères étaient de fort malhonnêtes gens.

Le jeune homme caressa sa moustache en souriant à l'avenir.

— Y a-t-il longtemps que madame votre mère vous a appris l'heureuse nouvelle? demandai-je.

— Ce matin même.

Pétros était bien renseigné.

— Comment avez-vous passé votre temps, depuis que j'ai eu l'honneur de vous voir? dis-je encore.

— Comme d'habitude, sauf une promenade, dans l'après-midi, aux environs de Yeni-Keui.

Bon, c'est cela même! Je pris congé de l'heureux Arménien et je poursuivis ma route vers Yeni-Keui, où j'étais impatiemment attendu. Ces dames étaient occupées à travailler pour les pauvres, avec une ardeur qui faisait du bien au cœur.

—Asseyez-vous vite, dit Mme Elenca en nous voyant : la visite au harem va se dérouler avec ses accessoires.

Un sourire empreint de mélancolie erra sur les lèvres de la jeune fille, d'habitude si rieuse et si gaie.

—Y êtes-vous ? demanda-t-elle en tirant le manuscrit du journal de son enveloppe.

— A vos ordres, ma bonne enfant, répondit l'aïeule qui ne s'illusionnait pas sur les souffrances de la pauvre jeune fille.

« Bonne et affectueuse mère, je débute comme toujours, en vous embrassant autant que je vous aime ; donc à votre cœur d'en fixer le taux. Comptez par milliers si vous voulez satisfaire le mien, qui ne serait content que bien juste si le vôtre était moins généreux.

« Combien de fois, bonne mère, étrangère à tout ce qui m'environne, n'ai-je pas franchi d'un pied sûr et léger les gradins de nos montagnes, enlacées comme l'attestation du grand cataclysme, pour admirer ce paysage à la fois sévère

et grandiose, plongé, dis-je, mes regards entre
ces ravins fendus du sommet à la base, pour les
reporter ensuite au fond de souriantes vallées où
paissaient de tendres agneaux.

« Mais bientôt, changement de spectacle, un
navire superbe et fumant traverse le détroit,
soulève les vagues, trace derrière lui un sentier
d'écume qui du mont Perdu me transporte à
l'une des croisées d'un kiosque de Yeni-Keui,
d'où se déroule un paysage doublement curieux
par le contraste.

« Là les teintes de la mer luttent de grâce,
tant avec le ciel qu'avec les fleurs de... Je vous
dispense d'une nouvelle description; vous connaissez à fond le Bosphore, et le palais de Yeni-
Keui, si bien que vous y êtes à l'aise comme Pierre
dans sa maison. »

Un sourire s'échappa involontairement de nos
lèvres.

L'aïeule soupira :

— Il y a quarante ans, murmura-t-elle, que
j'ai perdu ma mère, et je ne sache pas avoir passé
de jours sans la regretter.

— Nous en sommes tous là, observa Mme Elenca,
en faisant signe à Mlle Marie de continuer.

« Il s'agit aujourd'hui d'autre chose, d'une visite en plein harem. Sachez d'abord, mère, ce

que c'est qu'un harem, lettre-morte dans nos montagnes. C'est une partie d'une grande maison, habitée par les dames turques, où l'on pénètre par une petite porte située à l'extrémité du logis, tandis que le sélamlik, quartier des hommes, a une superbe façade; une porte cochère, au-dessus de laquelle deux colonnes, d'ordre inconnu, supportent un semblant de fronton.

« J'entends parler des grands personnages; les pauvres diables sont ici comme ailleurs; ils vivent en commun avec leurs femmes, qui s'éclipsent dans la cuisine quand un tchèlébi se présente au domicile conjugal.

« Navrée, un jour, de tristesse à la réception d'une de vos lettres, où vous m'appreniez que vous étiez souffrante, ces dames me proposèrent de me conduire comme distraction au harem d'un ministre, peu distant de Yeni-Keui. Le lendemain, splendidement vêtue, grâce à Mme Elenca qui voulut que je fusse superbe pour me ménager un parfait accueil (sous ce rapport, il en est en Turquie comme ailleurs; sans mise en scène, l'intelligence et la vertu risquent de manquer leur effet), nous arrivions, dis-je, à une heure de l'après-midi en face dudit harem. »

— Il n'était que midi, ma bonne, interrompit l'aïeule : avec une mère il faut être d'une précision mathématique.

—Je rectifierai le fait dans une quinzaine de jours répondit Mlle Marie, d'un accent qui nous pénétra le cœur.

« Les Kavas ou gendarmes en faction à la porte du ministre nous barrèrent, bien entendu, l'entrée du sélamlik.

—Nous demandons la *hanoum effendi* (maîtresse de la maison), fit observer Mme Elenca, qui ne fut introduite qu'après avoir déclaré ses noms et prénoms.

« Je vous dispense ici encore, bonne mère, d'une description inutile ; les jardins, vestibules, antichambres ou kiosques, tant turcs qu'arméniens ou juifs, se ressemblent tous, ou peu s'en faut.

« A peine entrées, on nous fit asseoir sur des divans de velours d'Utrecht, placés des deux côtés de la porte ; puis, des esclaves nous déchaussèrent pour orner nos pieds de babouches rouges brodées d'or.

—*Yok* (non), fis-je en cherchant à dégager mes pieds des quatre mains qui en avaient fait leur conquête.

—C'est, me répondit gravement une esclave, pour préserver de toute souillure les endroits où vous poserez les pieds.

—C'est de la morale turque, dis-je en français à Mme Elenca. Quoi de plus dépravé que les femmes du harem, qu'il ne faut pas confondre avec les femmes du peuple, autrement préférables tant sous le rapport des mœurs que de l'intelligence. Les odalisques sont de viles courtisanes, passant leur vie à imaginer les moyens de plaire à un maître, à la fois sévère et capricieux.

—Parmi les quatres femmes, soi-disant légitimes du pacha, ajouta Mme Elenca, il en est une qui vous inspirera certainement de la sympathie. C'est un harem exceptionnel. La mère du pacha, aussi sérieuse que peut l'être une femme turque, y fait régner une certaine réserve en l'absence de son fils.

« L'escalier de rigueur en marbre blanc franchi, et bien que j'eusse fait arrêt au moins trois fois, pour rattacher mes babouches, je ne fus pas peu surprise de me trouver au milieu d'une immense pièce, littéralement tapissée de tableaux renfermant des versets du koran en lettres d'or. »

—Est-ce que cette profusion d'idées en lettres d'or, dis-je à madame Elenca, ne vous fait pas l'effet de ces bibliothèques dont les reliures délivrent un certificat d'incapacité à leur maître ? Il serait aussi difficile de trouver une femme turque sachant lire, qu'un âne avec des yeux de rubis.

« La mère du pacha vint à notre rencontre, et

ne parut pas peu surprise, à son tour, de ma
présence aù harem.

— Qui est-ce? demanda-t-elle à madame
Elenca, en me signalant du doigt, ce qui serait
une grosse impolitesse autre part qu'en Turquie.

— La nièce de la marabet de l'hôpital français, répondit madame Elenca d'un ton élevé.

« Oh! mère, auriez-vous été heureuse, si vous
aviez été là. Au nom de sœur Pauline, odalisques, esclaves et eunuques se groupèrent autour
de moi comme par enchantement. Je ne savais à
qui répondre.

— Aimes-tu la marabet? demandait l'une; que
fait-elle? demandait l'autre? Sait-elle que tu es
ici? Que lui diras-tu à ton retour?

— Que vous m'avez fait un excellent accueil.

— *Evet, evet* (oui, oui), dis cela à la marabet,
répondit en chœur le personnel du harem.

« Quand je dis tout, je me trompe; tout le
harem n'était pas là; il restait une femme que
j'aperçus à moitié couchée sur un divan de satin
blanc et rose, en entrant au kiosque. »

— C'est la favorite, la première femme épou-
sée, me dit à voix basse et en français madame
Elenca.

« Je ne sache avoir vu une tête aussi belle;
elle avait le front large et haut; de grandes pru-

nelles d'un noir d'ébène se mouvaient entre des
paupières admirablement fendues et ornées de
cils épais ni trop courts ni trop longs; son nez
était grec; une bouche moyenne, dont la lèvre
supérieure, légèrement bombée au milieu, avait
un cachet d'innocente ironie qui lui allait à ravir.
Joignez à cela un menton rond, le cercle ovale,
et vous aurez la miniature de la belle Zaïda. Sa
mise était à la fois simple et élégante. De larges
pantalons de taffetas bleu clair, coulissés aux
chevilles, découvraient un pied d'enfant chaussé
de babouches également bleues, brodées d'or, de
perles fines et de brillants; un fichu de mousseline noué à la taille en guise de ceinture, une
veste grecque de satin blanc, bordée d'une passe
brodée avec une perfection qui excita mon enthousiasme en ma qualité d'intrépide brodeuse.
Quand vous verrez la mère Sainte-Angèle des
Ursulines de l'Oratoire, n'oubliez pas de lui dire
que son espiègle élève a fait merveille, même
en Orient!

« Mais cette tête était sans vie, ou plutôt elle
manquait de cette expression qui, par instants,
embellit les moins beaux. C'était une plante sans
sève que le plus léger souffle brise à tout jamais.
Tel fut son sort deux mois après.

« Zaïda, lui dit sa belle-mère, qui nous frayait
le passage, Cocona Sophia et Cocona Elenca vien-

nent nous visiter en compagnie de la nièce de la marabet.

« Sa figure s'épanouit et elle me fit signe d'approcher.

« Je lui fis une belle révérence, qui consiste, en Orient, à se courber profondément, en portant la main droite du genou au front, ce qui s'appelle, dans l'extrême Orient, un salamaleki et, en Turquie, un téména.

« Et là encore, les nombreux versets du koran me causèrent une nouvelle distraction.

— Où as-tu la tête? demanda l'odalisque en mettant à nu deux rangées de dents qu'un fumeur de hatchi aurait comparées à de mignonnes pétales de marguerites. Viens t'asseoir près de moi, tu me parleras de la marabet; il lui a suffi de tâter le pouls de mon unique enfant pour le sauver d'une grave maladie.

« La foi nous sauve, pensai-je, en lui demandant où et comment elle avait vu la marabet.

— Ici; mon Amurat était si près de la tombe, qu'il nous fut impossible de le lui porter; mais, voyons, dis-moi ce qui te préoccupe.

— Tant de versets du koran dont vous ne comprenez pas le premier mot.

— Le nom d'Allah se trouve dans tous, et cela fait du bien.

— A quoi? repris-je vivement, alors que tu

ignores la valeur des caractères qui servent à le tracer. Le nom d'Allah doit être gravé là, au cœur, ajoutai-je en me frappant la poitrine; et quand il est gravé là, on lit son nom en toutes langues, car il est partout.

« Les éléments attestent sa puissance; l'immensité, sa grandeur; ses bienfaits, sa magnificence; la durée de ses œuvres, sa stabilité; ses promesses, sa clémence; ses jugements, son équitable justice; sa miséricorde, son amour pour la créature sortie d'entre ses mains; les dons de la terre, sa paternelle tendresse!

« Regarde, dis-je en ouvrant précipitamment l'une des croisées du kiosque, entends les oiseaux chanter le nom d'Allah, les insectes le bourdonner, les branches des arbres le murmurer; les poissons de la mer le tracer à la surface des ondes. Oui, tout dans la nature proclame le nom de Dieu, excepté certains hommes, qui seuls s'arrogent le droit de le nier.

— Mon pacha compris, murmura l'odalisque.

— Comme vous étiez en verve, interrompit l'aïeule quand on apporta l'inévitable verre d'eau, le café et la confiture; vous aviez tellement captivé votre auditoire que la mère du pacha me dit à l'oreille :

— Elle a, comme la marabet, la tête dégagée

de nuages, et sa parole est vive comme une rose
du matin.

— Tu sais donc lire, toi? me demanda l'odalisque en ouvrant ses grands yeux noirs. Allah!
Allah! c'est étrange. Lis-moi quelques passages
du livre de la prière. Depuis que mon pacha est
allé dans ton pays, en qualité d'ambassadeur, il
ne me donne plus cette satisfaction. Il a laissé
en France et son cœur et sa foi. Aujourd'hui,
Cocona, il ne croit ni à Dieu ni à Eblis; puis deux
larmes sinon pures, mais belles comme deux
gouttes de rosée, s'échappèrent de ses yeux et
se séchèrent sur ses joues!

— Pourquoi ces larmes? m'écriai-je en lui serrant les mains, t'aurais-je fait de la peine?

— Je songe au sort qui m'attend plus tard; il
est certain que j'irai où ira mon pacha, que ton
pays a nécessairement damné.

— Mais, d'après le livre de la prière, vous ne
partagerez aucunement le sort de vos maris; le
prophète, que vous devriez abhorrer, leur promet
des pavillons de nacre qu'habitent des houris
exemptes de souillures. Quant à vous, vous serez
reléguées dans un coin du paradis ou de l'enfer,
comme on relègue, ici, au fond d'un vieux palais, les esclaves des sultans qui ont le malheur
de vieillir ou de survivre à leurs maîtres.

— Te voilà disant une singulière chose, observa la mère du pacha, d'un air pensif ; et pourtant Allah est juste et miséricordieux !

— Ne serait-il pas juste et miséricordieux, m'écriai-je, de vous faire partager, pauvres victimes, le sort de vos maris quel qu'il soit ? Non ! ce serait une injustice, et Allah est l'équité même. Votre esclavage est encore un calcul inhumain de ce Mohammed que vous devriez abhorrer, je le répète, au lieu de bénir ses cruautés cinq fois par jour, la face tournée vers cet Orient où reposent ses cendres sacriléges !

— Tu blasphèmes, s'écrièrent à la fois les autres femmes ; tu attires la malédiction d'Allah sur nos têtes, car il nous est défendu de prêter l'oreille aux discours des infidèles.

— Non, tu n'es pas une infidèle, me dit à voix basse Zaïda, puisque tu penses comme la marabet.

— Je garde le silence, répondis-je en souriant.

— Parle encore, mais respecte les cendres du prophète.

— Le prophète vous a sacrifiées à son ambition et à sa jalousie personnelle, il a fait de vous.... non, je ne veux pas vous blesser en peignant votre rôle.

— Et j'en mourrai, murmura la pauvre et belle Zaïda.

« Au même instant entra un eunuque qui fit le tour du kiosque, non sans me regarder d'un air qui semblait dire :

— Mesure tes paroles, *Yaour*.

— Quoi de plus vil, de plus misérable et de plus outrageant que la vue de ces êtres-là, me dit la jeune femme. Bientôt, tu apprendras ma mort et la mort est préférable à l'ennui qui me dévore. Viendras-tu visiter ma tombe? m'apporteras-tu des nouvelles de la marabet que j'aime tant! Comme toi, elle a deviné mes souffrances : me le promets-tu?

« Pauvre femme ! je lui promis tout ce qu'elle me demandait et j'ai été fidèle à ma promesse.

— Combien meilleur, plus doux et plus noble est le sort des femmes catholiques, repris-je. Les conditions de leur vie future sont subordonnées à leurs œuvres personnelles, et c'est justice.

— Cela devrait être, mais cela n'est pas et ne sera pas, ajouta mon odalisque ; nous naissons esclaves.

— De par l'égoïsme de vos Turcs, oui ; non, de par la justice d'Allah qui est l'équité même.

L'infortunée fit un signe approbatif.

« Vraiment, mère, il faut avoir vu les femmes

du harem, avoir causé avec elles pour se sentir transporté de reconnaissance à l'idée d'appartenir à l'Église catholique qui, seule, maintient et respecte les droits de la femme. L'Église catholique n'a pas le droit de désunir ce que son Chef, qui est Jésus-Christ, a une fois uni ; c'est pourquoi elle repousse le divorce comme un attentat à l'unité de la famille.

— Qu'est-ce, à tout prendre, que le divorce, sinon l'hypocrisie et l'adultère ? exclama l'aïeule avec toute l'énergie de la pureté de ses mœurs.

— Grand'mère ! dit madame Elenca, vous dites des paroles bien vives !

— C'est la vérité, petite. Dès qu'on divorce avec l'Église on est forcément bigame. Et quelle différence saurais-tu établir entre la bigamie et l'adultère ? De fait, les sectes qui se disent bien à tort chrétiennes, admettent le divorce, comme les Turcs.

« Passons sur ce chapitre, observai-je ; et revenons à la belle Zaïda dont la santé fortement ébranlée avait reçu une secousse au-dessus de ses forces.

— Ne me parle plus, dit-elle avec une tristesse désolante, de maux sans remèdes ; c'est en faire sentir doublement l'amertume et le poids.

« Je lui serrai la main les yeux remplis de larmes.

« Mais bientôt une autre question vint sur le tapis.

— Mon pacha, me dit une Fatmé d'environ dix-huit ans et très-belle, m'a assuré que les femmes de qualité dansaient dans ton pays comme des esclaves. Est-ce bien vrai?

— Très-vrai.

— Est-il possible! exclama la mère du pacha, que des femmes de bonne maison s'oublient au point d'imiter les fous; si le sommeil est l'image de la mort, la danse, ce me semble, est l'image de la folie. Nous ne faisons danser nos esclaves que pour nous donner ce spectacle.

— C'en est un bien triste, dis-je soucieuse et souriante à la fois.

« Un nouvel eunuque fit son entrée au kiosque pour me dire, du son de voix qui leur est propre :

— Tu mets le diable au harem, et si tu continues, je préviendrai le pacha.

— Et pour ma part, ajouta la mère, je te ferai flageller en l'absence du pacha! C'est la nièce de la marabet que tu insultes; sors et hâte-toi.

— Partons, dis-je à madame Elenca; l'air qu'on respire ici asphyxie. C'est la sixième fois depuis notre arrivée qu'on brûle des pastilles du sérail et qu'on purifie l'air avec de l'essence de rose.

— Vous partez sitôt, s'écrièrent ensemble nos odalisques en nous voyant debout, restez à dîner, nous avons d'excellentes choses à vous offrir.

— Y tenez-vous? me demanda madame Elenca; un couvert essentiellement turc a son côté curieux.

— En ce cas je reste, bien que je sois ivre à me faire porter sur un brancard.

— Ce n'est pas au moins ivre de vin?

— Non, d'essence de rose et de pastilles du sérail.

« Je vous assure, mère, que des fillettes de cinq ans, se seraient livrées à une joie moins bruyante que nos odalisques; elles se mirent à battre des mains avec une allégresse folle, et nous donnèrent le spectacle d'une danse d'esclaves.

« Mais, oui, la danse est l'image de la folie, me dis-je à moi-même, en voyant ces mouvements que rien n'accompagnait; il ne m'arrivera plus, bien que cela ne m'arrive qu'à de rares intervalles, de caricaturer la folie, qui mérite tant de compassion et d'égards.

« La danse fut interrompue par l'événement du dîner.

« Figurez-vous une table basse, entourée de coussins en guise de chaises, sur lesquels je m'assis bravement à la turque ou à la manière d'un tailleur. De fourchettes, point ; les dames turques ont recours aux fourchettes du père Adam, avec une délicatesse fort enviable, du reste.

« Enfin, une heure après le dîner aux confitures de trente-six façons, force promesses échangées de part et d'autre, notamment avec Zaïda, nous étions en plein air, dans cet air pur comme tout ce qui vient de Dieu, suave comme les fleurs de la terre, salutaire comme une prière à l'heure du danger.

« Je marchais comme un oiseau échappé de sa cage ; je secouais mes vêtements imprégnés d'odeurs enivrantes et mortelles en même temps ; mais la vue de Zaïda, qui me regardait de l'une des croisées du kiosque, me fit passer de la joie à une profonde tristesse.

— Adieu, fis-je en agitant mon mouchoir ; bientôt, toi aussi, tu disparaîtras de ce monde, où tu n'auras connu que la douleur !

« Deux mois s'étaient à peine écoulés depuis cette visite, qu'un eunuque arrivait haletant à Yeni-Keui.

— Où est la nièce de la marabet ? s'écria-t-il ;

Zaïda se meurt et demande à la voir pour la prier de recommander son fils à sa tante.

« Cinq minutes me suffirent pour passer une autre robe, remplir un flacon d'eau, mettre l'Évangile dans ma poche et prendre une croix qui me venait de Jérusalem ; et bientôt, haletante à mon tour, j'entrai au kiosque où Zaïda, couchée sur le divan de satin rose, me fit l'effet d'une figure de cire sous un autel.

« Elle était toujours belle, malgré son extrême maigreur ; la perfection de ses traits l'avait emporté sur les ravages de la maladie.

« Je courus à elle, suivi d'un nombreux cortége qui parut la contrarier, et dont je me défis tout aussitôt.

— Zaïda, dis-je à la mère du pacha, n'a que peu d'instants à vivre ; donne-lui donc la consolation de me parler seule. C'est une pauvre mère qui, au moment de rendre le dernier soupir, se préoccupe encore de la santé de son enfant.

— Tu as raison, nous allons te laisser avec Zaïda, qui subit sa destinée.

« Tous ces importuns éclipsés, la jeune femme respira.

— Pauvre Zaïda, lui dis-je à voix basse, dans quel état devais-je te retrouver ? Que veux-tu ? Que puis-je faire pour toi ? Parle.

— Ce que je veux, c'est le paradis de la marabet, répondit l'odalisque d'une voix presque éteinte ; tu lui recommanderas mon enfant, n'est-ce pas ? Puisse-t-il être plus heureux en ce monde que ne l'a été son infortunée mère ! Sais-tu ce qui me tue ?.... Elle me montra le cœur. Mon pacha que j'ai tant aimé m'a fait subir mille et mille tortures. Combien j'ai pensé à ce que tu m'as dit à ta dernière visite ; oui, Allah est trop juste et miséricordieux pour nous rendre responsables des fautes de nos maris.

— Il n'est pas question de vous au Koran, tandis que Jésus-Christ, fils de Dieu par sa divinité et fils de Marie par son humanité, s'est incarné dans le sein d'une vierge pour réhabiliter la femme, et Il est mort sur la croix pour racheter les âmes de tous, hommes et femmes.

— Dis-moi, reprit-elle d'une voix mourante, ce qu'il faut faire pour être un jour avec la marabet, car le temps presse.

— Croire à ce que je viens de te dire, pardonner sincèrement à ceux qui ont martyrisé ton cœur, afin que Dieu te pardonne tes propres misères.

— J'y crois, et je pardonne sincèrement à ceux qui m'ont tant fait souffrir. Mais il me faut une chose que la marabet appelle le baptême, comme une purification de la tache originelle. Comment faire? Trouve un moyen de faire venir un prêtre.

— C'est impossible ; mais, en cas de nécessité, je peux te baptiser, tout aussi bien qu'un prêtre.

— Toi! dit-elle en m'ouvrant les bras....

« Dix minutes après, elle était chrétienne! Et avec quelle foi, mère, la main sur l'Évangile, elle professa de croire en Jésus-Christ, fils de Dieu. Avec quel bonheur aussi je la pressais dans mes bras, en lui prodiguant le nom de sœur, dont elle paraissait si heureuse!...

— Nous nous reverrons là-haut, ne cessai-je de lui répéter. Là aussi tu retrouveras la marabet, que tu as tant aimée sur la terre. Ton affection pour cette sainte fille est l'instrument dont Dieu s'est servi pour te frayer la route qui mène à Lui. Oh! combien la miséricorde de Dieu s'est manifestée sur toi d'une manière toute particulière! il n'y a pas jusqu'à mes originalités qui n'aient servi à t'éclairer.

— En effet, fit-elle, avec un dernier et évangélique sourire, tu dis des choses qui paraissent singulières au premier aspect, et, réflexion faite, elles sont vraies.

« Mais le cœur de la mère n'avait pas cessé de battre, et tant qu'il bat, c'est toujours pour ses enfants!

— Que deviendra mon Amurat! exclama-t-elle,
en prenant la croix; n'oublie pas de recommander à la marabet de lui montrer la route du
ciel des chrétiens.

— Tu le demanderas toi-même à Dieu, et sois
tranquille, il procurera à la marabet le moyen
de réussir.

« Ces paroles semblèrent la rassurer; puis elle
ajouta :

— C'est la première chose que je demanderai
à Dieu, aussitôt arrivée près de lui. Et maintenant promets-moi de ne m'abandonner qu'après
m'avoir fermé les yeux.

« La porte s'ouvre, et la mère du pacha entre en
poussant un haut cri. En effet, le visage de la
moribonde s'était paré d'un éclat qui n'avait rien
d'humain.

— Ce n'est rien, dis-je : Zaïda s'est animée en
me parlant de son enfant qu'elle va bientôt
quitter.

— Ton pacha, que j'ai envoyé chercher, dit la
nouvelle venue, ne sera ici que ce soir; il faut
te résigner, ma fille; tu sais bien qu'Islam n'est
que résignation à la volonté d'Allah !

— L'explication est de trop, repris-je vivement,
cette pauvre amie est résignée. Laissez-la donc
s'éteindre en paix.

— Que tu dis de singulières choses ! répliqua la mère. Voyons, viens-tu goûter ?

— Non, je reste ici.

— On enverra des esclaves.

— Envoyez chercher Amurat au Sélamlik, pour qu'il voie sa mère encore une fois ; et bon appétit.

— Et toi, ma chère, te sens-tu le besoin de prendre quelque chose, dis-je ensuite à la malade ?

— Non, j'ai ce qu'il me fallait, le Dieu de la marabet, le tien et maintenant le mien.

« Pauvre créature ! une heure après elle rendait le dernier soupir en murmurant le nom de Jésus-Christ sur les joues de son enfant !....

« Quelle majesté dans la mort. Le teint de Zaïda, habituellement si blanc, avait pris la teinte de la neige vue de la plaine sur un coteau. Tant de jeunesse et de beauté allaient disparaître à jamais sous une couche de terre surmontée d'une pierre droite et de quatre cyprès ! Je me jetai sur ce corps si beau en pleurant à chaudes larmes, tandis que les autres me criaient à tue-tête : « Mais, femme, que fais-tu ? Pourquoi pleurer ainsi ? Si Zaïda est morte à vingt-six ans, c'est qu'elle devait mourir à cet âge. »

« Oh ! l'abominable fatalisme ! Oh ! l'infâme Mohammed, m'écriai-je en français ; l'homme n'était donc pas naturellement assez égoïste pour lui donner en pâture un principe diamétralement opposé à la sainte compassion.

— Que dis-tu?

— Que je vous trouve par trop résignées à la volonté d'Allah. Comment se fait-il, dis-je à la mère du pacha, que tu ne trouves pas une larme à la vue du corps sans vie de la mère de ton petit-fils? Ta résignation te dessèche le cœur, et je te plains. Adieu. »

Le journal s'échappa des mains de mademoiselle Marie qui murmura :

— Pauvres victimes que j'ai rencontrées sur le chemin de la vie! rappelez-vous, dans le sein de Dieu, celle qui vous fut si dévouée sur la terre!

— Voyons, dit madame Elenca, faut-il que le souvenir d'une aussi belle œuvre vous attriste au point de vous faire verser des larmes? C'est trop enfant. Achevez la lecture de votre journal.

— Ce qui suit n'est autre qu'un échange d'affection d'un enfant à une mère, de ces scènes qui n'ont de prix qu'à leurs yeux, toujours bienveillants et tendres, et qui ne sauraient trouver d'écho que dans leurs cœurs. Mais vous, monsieur Alonso, ajouta-t-elle en s'adressant à moi, vous m'avez paru suffisamment distrait tant qu'a duré la lecture. J'avoue que mon récit ne peut guère non plus trouver d'écho qu'auprès de ces âmes pleinement convaincues que la mort du juste est une délivrance. Un peu d'attention de votre part m'aurait été, j'en conviens, très-agréable; sachez, une fois pour toutes, que remplir dix-huit ou vingt pages d'une prose tant soit peu courante n'est pas aussi facile qu'on le croit en général. Qu'avez-vous?

La pauvre enfant, hélas! était loin de supposer la cause de mes préoccupations; je redoutais pour elle la journée du lendemain, et je ne voyais pas le moment de la préparer. Mais encore, ô fatalité! à l'instant où je me disposais à demander la permission de lui parler en particulier, l'intendant venait annoncer que M. C... touchait à la grille.

— « Mais il ne devait venir que demain, dis-je en dépit de moi-même. »

— Comment le savez-vous? demanda mademoiselle Marie.

— « Vous donner des détails est précisément ce qui m'a amené à Yeni-Keui. »

— Je l'ai vu, et il n'y a pas tenu. Il voulait m'apprendre ce qu'il nomme une heureuse nouvelle.

— « Du courage, dis-je en m'éclipsant, je reviendrai ou demain soir ou dimanche matin. Vous saurez tout et vous me direz tout. »

— Du courage, dites-vous? J'en ai toujours quand il s'agit de choses graves, et j'en manque toujours quand il s'agit de futilités.

CHAPITRE VIII.

Pythagore au mont Carmel.

> La croix, c'est la volonté de Dieu le
> père; tout s'explique avec elle; sans elle,
> tout est obscur; tout ce qui se passe ici-
> bas n'a qu'un seul but : l'exaltation du
> Très-Haut par la croix, le salut de
> l'homme par la croix.
>
> (SAINT JEAN CHRYSOSTOME.)

La jeune institutrice est assise sur le divan de satin groseille, avec l'aïeule qui lui serre les mains en pleurant.

— Pauvre enfant, dit-elle, ce qu'on vous propose a fait le malheur de ma vie : ma fille, vous le savez, s'obstina à contracter un mariage mixte, en dépit de la volonté de sa mère et malgré le sens commun. Les hommes! quoi de plus généreux quand ils cherchent à plaire aux jeunes filles? Une fois mariés, ils font intervenir leur autorité, d'autant plus puissante, qu'elle a pour auxiliaires et la force et la loi.

Vous êtes trop bonne, vous, et trop sincèrement catholique pour contracter un de ces mariages, et alors même que votre famille vous laisserait toute latitude vous devriez encore refuser. Une dissidence en matière de religion entre vous et l'homme auquel vous auriez associé votre existence, serait un ver rongeur dont tous les honneurs du monde ne saurait vous délivrer. Voyez le luxe qui m'entoure; eh bien! m'empêche-t-il de souffrir, d'envier le sort de ces âmes qui, en paix devant le Seigneur, voient croître une génération d'appelés et d'élus? Perdre ceux qu'on aime n'est relativement qu'une peine secondaire; l'idée qu'ils sont dans le sein de Dieu tempère la douleur de la séparation, et l'espérance de les retrouver un jour est un stimulant d'ardeur pour arriver au but.

Je ne m'explique pas la ténacité de M. C... Est-il convenable, est-il digne de persister ainsi, quand des refus nettement formulés ont été articulés à plusieurs reprises? Les souffrances morales tuent, et vous êtes à demi morte.

— Si vous ne vous expliquez pas, madame, la ténacité de l'hérétique, je me l'explique, moi; veuillez donc m'écouter. Dame fortune a tant et tant caressé M. C... que l'idée d'une déception n'a jamais pris corps dans sa pensée. D'autre part, le dieu de l'époque n'est autre que l'argent, et quand on est au mieux auprès de cette majestélà, il n'est pas de bassesses qu'on ne voie faire autour de soi, ni de flatteries dont on ne soit encensé. Comment un homme si riche, si adulé, si flatté, aurait-il pu croire qu'une pauvre fille allait refuser l'honneur de l'épouser? Oui, d'après les tendances de l'époque, il n'avait pas le droit de s'attendre à cette réponse : tous les millions du monde ne sauraient compenser une heure de remords, ni donner cette sérénité de l'âme, patrimoine d'une conscience en paix. Je dis qu'il y a à la suite de mon refus, amour-propre blessé, sentiments fr issés, illusions déçues, trois coups simultanément donnés et qu'on ne pardonne pas. Il répugne à l'humilité de M. C... de croire un instant que mon cœur est étranger à tout sentiment d'affection.

Oh! sans doute, j'ai passé une nuit atroce; mais aussi quelle lutte!... Se séparer de ce qu'on aime, d'enfants auxquels ont s'est doublement attaché, par les devoirs qu'on a à remplir auprès d'eux, de tombes qui vous sont si chères, et où l'on allait prier à genoux! Oui, c'est une de ces luttes qui brisent le corps, mais qui purifient l'âme. J'ai vaincu, grand'mère, donc embrassez-moi en attendant l'arrivée de mon compatriote, à qui j'ai envoyé en estafette mon fidèle Pétros.

Voilà une existence digne d'envie que celle de

Pétros! Non, certes, au point de vue du monde qui n'entrevoit la félicité qu'au faîte des grandeurs humaines, mais au point de vue des grandeurs selon Dieu, et de la saine philosophie.

Pétros, à mon avis, possède une immense fortune, c'est-à-dire l'art d'être content de ce qu'il a. Il est parfois superbe, ce Pétros, il a de ces fleurs de sens commun dont on ne trouve la trace qu'en se dépouillant soi-même d'une sotte et mesquine vanité, qui ne voit jamais que la surface. Je trouve un grand bonheur à m'emparer de l'humble kaïkchi et de le faire courir à travers champs, cette observation faite :

— N'aie pas la fatuité de te croire un personnage au-dessus de ta condition, parce que je recherche ta compagnie ; tu perdrais cette simplicité qui m'enchante, cette foi catholique qui m'entraîne, et ce bienheureux manque d'ambition qui me séduit ; et, cela perdu, adieu les promenades !

— Pas du tout, répond mon Pétros, j'aime trop ma tranquillité pour me briser la tête à imaginer les moyens de m'enrichir ; ma besogne et ma prière faites, je me couche tranquille, sans souci des voleurs. Dieu, vois-tu, a un arbre ployant sous le poids de fruits amers qu'il distribue à chacun de nous, selon la mesure de sa miséricorde.

Je passe des heures entières à faire causer Pé-

tros dans ce style, et Dieu sait le profit que j'en
retire, tant pour le présent que pour l'avenir!
La seule félicité de ce monde est de se trouver,
sinon heureux, du moins satisfait de son sort, et
rien n'est plus à envier que cette conformité à la
volonté divine.

Mais je clos ce chapitre, car j'aperçois la silhouette de mon compatriote poindre à l'horizon
de la grille du jardin; me permettez-vous de lui
présenter mes hommages?

— Sûrement, mon enfant.

Nous étions avec Mme Elenca que j'avais rencontrée sur le trottoir, le cœur gros de soupirs
et les yeux remplis de larmes.

— Ah! monsieur Alonso, s'écria-t-elle en nous
apercevant, combien cette pauvre amie a souffert
et dans quel état suis-je moi-même?

—« Maintenant, comment se trouve-t-elle? demandai-je. »

— Comme une personne qui, après une lutte
terrible, a pris énergiquement son parti: sauf une
extrême pâleur, rien en elle ne ferait supposer
la profondeur du sacrifice.

— Ah! vous voilà, fit Mlle Marie en nous tendant la main; mon fidèle Pétros s'est acquitté en
intelligent messager de sa pressante commission.
Quelle pacotille d'historiettes j'ai réunies pour

vous. Le futur livre s'enrichit tous les jours de quelques pages, qui, je l'espère, ne manqueront pas d'intérêt.

— « Pourquoi, lui dis-je, me déguiser ainsi vos souffrances? N'ai-je pas pour vous l'affection d'un frère?

—J'ai beaucoup souffert, cela est vrai, mais ici-bas tout a sa fin; me voilà aussi calme que la mer qui, hier soir, vers huit heures, soulevait encore des vagues monstrueuses.

—Je vous laisse, dit Mme Elenca; j'ai assez de détails qui m'ont navré le cœur. Oh! c'est fini, cet homme ne mettra plus les pieds chez moi; il a détruit l'inaltérable et piquante gaîté qui en faisait le charme.

—Bonne Elenca, murmura la jeune fille, la même pierre frappe deux coups. Venez dans la salle d'étude, ajouta-t-elle en s'adressant à moi; c'est le seul endroit où personne n'ose entrer sans y être autorisé.

« Une fois seuls, je lui racontai la singulière apparition de Pétros, ma visite chez le jeune Arménien, mon étonnement de le voir hier, alors qu'il ne devait venir qu'aujourd'hui. »

—Vous ne me surprenez pas; pareil fait est arrivé à Mme Sophia à propos de sa fille, qui, malheureusement passa outre, sans tenir compte du coup qu'elle portait à sa mère, ni des remords qu'elle se préparait.

A peine, reprit l'institutrice, aviez-vous eu le temps de passer d'une pièce à une autre, que M. C... entrait au kiosque, le visage empreint d'une allégresse qui me glaça d'effroi. Ces dames furent d'abord polies; la politesse est l'apanage des personnes de bon goût, mais froides. Grand'mère (elle s'est obstinée, tout archi-millionnaire et comtesse qu'elle est, à ne vouloir pas que je lui donne d'autre titre) était au supplice, pendant que la pauvre Elenca, sans la perdre de vue un instant, répondait aux banalités d'usage de M. C...

—Je vous laisse, dis-je au bout de dix minutes, les devoirs de ma charge m'appellent ailleurs.

—Mais j'ai besoin de causer avec vous, mademoiselle, reprit vivement M. C...; ces dames, je l'espère, vous dispenseront un moment, des exigences de votre position.

—Monsieur, répondit résolûment grand'mère, Mlle Marie fait partie de notre famille; j'ai promis à sa tante, qui est pour moi une sœur, de lui servir de mère, et, à ce titre, je m'oppose formellement à un entretien particulier. Mériem, je vous le défends.

— Madame, articula le jeune homme avec un calme apparent, celle qui est momentanément — il insista sur le mot, — l'institutrice de vos petites filles, a su m'inspirer trop de respect pour que je me permette un manque d'égards. Mais, je le répète, j'ai un vif désir de la voir en particulier, sauf à laisser les portes ouvertes, si par hasard vous doutez de mon caractère.

— Non certainement, ajouta Mme Elenca, en se levant et en faisant signe à sa mère de la suivre ; elles s'arrangèrent, de façon à ne pas nous perdre de vue un instant.

— Que me voulez-vous, monsieur, dis-je ensuite, visiblement peinée? Vous devez comprendre qu'étant chez les autres, votre manière d'être a doublement lieu de m'affliger.

— Vous ne le serez pas longtemps, répondit-il avec une vivacité qui m'atterra. Sachez, mademoiselle, que ma famille consent au mariage mixte, et bientôt vous serez libre, vous aurez, enfin, la position que vous méritez d'occuper dans le monde.

— Vous avez tort de me plaindre, monsieur, repris-je d'un ton sévère : la position que j'occupe est honorable, et je tâche, autant que faire se peut, de me maintenir à sa hauteur; ce n'est pas la fonction qui élève l'homme, mais bien l'homme

qui élève la fonction. L'observation de Mme Sophia, bien loin de me contrarier, m'a été au contraire aussi douce qu'agréable ; j'y ai vu la preuve
d'un affectueux intérêt. Quant au mariage mixte,
vous m'en parlez vraiment d'une façon qui don-
nerait à croire que j'en ai fait une question dé-
terminante, alors que rien de tel n'a eu lieu.

—Pouvais-je supposer le contraire ? exclama
le jeune homme.

—Assurément.

—Me croyez-vous donc un monstre, parce que
je ne suis pas catholique ?

—Je laisse votre question sans réponse, et
c'est ce que j'ai de mieux à faire. Sachez seulement que tout l'or du monde ne saurait compenser une heure de remords. Je tiens à cette paix
de l'âme, qui nous dispose à quitter ce monde
sans regrets, et qui sème de fleurs le passage
d'une vie à une autre. Voici mon dernier mot :
je n'épouserai jamais un frère dissident.

—Oh ! c'est affreux ! s'écria-t-il, que de vouloir sacrifier son cœur aux subtilités théologiques
du catholicisme ! Cela ne sera pas ; et plus tard,
c'est-à-dire quand les influences qui sont autour
de vous seront sans écho, vous me remercierez,
le cœur sur les lèvres et l'âme dans les yeux.

L'allusion était saisissante ; il s'agissait d'abord

de ma tante, qui, vous ne l'ignorez pas, n'a su le fait qu'à la suite d'un refus nettement formulé, puis de Mme Sophia, à laquelle j'ai inspiré un intérêt tout maternel.

—C'est impossible, quant à moi, reprit M. C..., évidemment froissé.

—Merci, monsieur, de la bonne opinion que vous avez de mon humble personne ; merci de me supposer égoïste, au point de vouloir, pour des êtres auxquels je pourrais donner l'existence, une foi autre que la mienne, la seule vraie ! Tenez, monsieur, s'il me fallait opter entre l'alternative de me percer le cœur d'un poignard ou d'accepter la proposition que vous me faites, je ne tergiverserais par une minute ; je choisirais la première.

La fermeté de mes paroles déconcerta un instant, rien qu'un instant, M. C...., qui ajouta bien vite.

—Je ne prends pas au sérieux les paroles qui vous sont échappées dans un moment d'effervescence ; je vous donne huit jours de réflexions : ce terme expiré, si l'obstination persiste, je vous dirai, à mon tour, mon dernier mot.

— C'est inutile.

— Je maintiens mon dire.

Il se levait, quand une idée me traversa la tête comme un éclair.

—Au fait, fis-je, le mariage est chose trois fois grave, il faut le temps de la réflexion. Eh! mon Dieu, c'est un tort, je devrais craindre de vous voir l'emporter sur les « subtilités théologiques » du catholicisme.

Il me serra vivement la main en me disant adieu.

La veille, j'avais vu l'un des jardiniers causer confidentiellement avec l'hypocrite Achmet; était-ce un sentiment intuitif ou un doute qui s'était glissé dans mon âme? Toujours est-il que je crus voir mon nom se jouer sur leurs lèvres. Je les laissais se séparer, et quand Achmet fut assis à la turque sur l'un des bancs adossés à l'orangerie, je fis un détour pour me rapprocher du kaïkchi, qui murmurait entre ses nébuleuses bouffées de latakié de haineuses paroles :

—Je serai vengé; maudite soit cette race de chrétiens condamnée aux flammes éternelles !

—La marabet comprise, dis-je en me montrant. De fait, elle mérite les flammes éternelles puisqu'elle sait soigner les panaris et couper les fièvres. Mais laissons ce chapitre, parlons de toi, de ton pèlerinage à la Mecque. Y as-tu décidément renoncé?

—J'attends les fonds nécessaires.

— Tu comptes donc sur quelque héritage?

En guise de réponse, il se prit à sourire, d'une

façon qui fit passer devant mes yeux l'ombre de Satan.

J'étais à bout de force; M. C... était à peine à la grille que j'éclatais en sanglots dans les bras de Mme Sophie, ne pouvant prononcer d'autres mots que celui de mère : cette mère qui m'était si nécessaire à l'heure d'épreuve !

Devenue un peu plus calme, je racontai à voix basse ce qui s'était passé ; pour rien au monde, je n'aurais voulu que les gens de la maison se fussent aperçus de ma faiblesse. Je vous épargne mes angoisses, mes larmes, mes sanglots et mes soupirs jusqu'à une heure avancée de la nuit, c'est-à-dire jusqu'à deux heures du matin. Enfin, je me suis prosternée au pied de la croix ; j'ai considéré ce front si pur couronné d'épines, ces mains qui n'avaient servi qu'à soulager les misères humaines percées de clous ; ce côté ouvert d'où s'échappèrent les gouttes de ce sang qui avait racheté le monde ; ces pieds qui avaient contribué à porter la parole de vie d'une cité à une autre, gonflés et crispés par la douleur.

Après cette méditation, mes souffrances se sont évanouies. Que sont-elles, comparativement à celles du Sauveur? Oh! combien alors j'ai regretté ma faiblesse, et comme j'ai promis à Dieu d'être à lui pour toujours. Quel doux et suave

bien-être j'ai ressenti ensuite ! C'est que je m'é-
tais résignée à la volonté de Dieu, et Dieu m'avait
consolée. J'ai dormi jusqu'à sept heures du matin, et peut-être dormirais-je encore si une petite
main s'était abstenue de se promener sur mes
joues ; c'était celle de mon petit Yousouf, aussi
douce que du satin.

— Je viens faire mon *Notre Père* et mon *Je crois
en Dieu* avec toi, m'a-t-il dit, aussitôt que j'aie
été réveillée ; j'ai bien du chagrin de ce que tu
es malade, et tu peux croire que si je ne suis pas
venu hier soir, c'est que maman Elénca ne l'a pas
voulu, et j'ai pleuré pour cela.

J'ai pressé l'innocente créature dans mes bras
en la faisant prier à mon intention, et maintenant
me voilà forte à braver mille tempêtes.

— « Vous êtes admirable, répondis-je à la jeune
fille, attendri jusqu'aux larmes. »

— Pas de compliments, cher monsieur ; à l'instar de Pétros, je suis enthousiaste de mon repos, et je le fais consister, moi, dans une conscience en paix devant le Seigneur. C'est encore
de l'égoïsme ; la personnalité ne se scinde jamais.

On frappa à la porte ; c'était Pétros qui apportait quelques lignes à Mlle Marie, de la part
de la supérieure de l'hôpital français.

— L'as-tu vue, Pétros ? demanda l'institutrice.

—Oui, et je ne saurais te dire combien ta lettre a paru l'attrister.

—Pauvre tante! murmura la jeune fille, priez Dieu de me donner ce quart de vocation qui me manque pour être complétement à Lui. Je l'ai aux trois quarts, mais le dernier me fait l'effet d'être aux antipodes.

—Plaignez-vous! est-ce que la Providence ne vous a pas fourni l'occasion d'être assez utile, dans un monde que vous détestez aux trois quarts?

— Voyons ce que dit cette bonne tante.

« Je m'abstiens de t'aller voir par mesure de prudence; mais si notre ami et compatriote des Pyrénées ne trouve pas le temps de retourner demain à Yeni-Keui, je t'enverrai une personne de confiance chargée de mes instructions. Dans tous les cas, mets tes affaires en ordre, absolument comme si tu devais t'embarquer sur le prochain paquebot.

Bon courage, mon enfant, et redouble de confiance envers le Seigneur.

Adieu, bonne petite,

Sœur PAULINE.

— « Sœur Pauline s'exagère le danger, dis-je à

Mlle Marie ; tout cela s'arrangera : autrement quelle douleur pour cette digne et excellente famille que votre départ !

— D'autant que grand'mère est défiante comme une personne qui se ferait un scrupule de tromper un enfant sur un jouet, et qui a été mille et mille fois abusée dans sa vie.

La sympathie de ces dames m'était acquise d'avance ; leur intimité avec ma tante avait aplani toutes les difficultés. Jamais il ne serait venu à l'idée de grand'mère que la nièce de la Marabet ne pouvait pas être une personne sûre et recommandable. Je lègue une rude tâche à la personne qui me remplacera.

Il faut non-seulement une forte dose d'instruction, mais le tact de se faire aimer des petites fillettes, sans céder à leurs volontés, se tenir en garde contre les mille tentations qui s'offrent journellement dans les maisons de cette catégorie, tout observer et savoir se taire, enfin se retirer chez soi, la besogne faite, et se faire prier pour paraître un instant. Toute bonne qu'est Mme Elenca, elle s'arrangerait difficilement d'une institutrice qui l'éclipserait en plein salon, et je cherche si peu à l'éclipser, que j'ai toujours la migraine quand il y a du monde. J'y trouve d'ailleurs deux avantages : de conserver intactes mes habitudes et de suivre la pente de mes goûts naturellement portés à l'étude.

— « Ne songez plus à votre départ; vous feriez le désespoir de tous vos amis.

— L'espérance est, sans contredit, la dernière fleur qui s'étiole dans le cœur de l'homme, et toutefois que puis-je espérer? Contre la force point de résistance, dit un vieil adage, qui ne perd rien à être répété. Nous sommes en Turquie, don Alonso, où rien ne se pratique comme ailleurs. Cette famille est puissamment riche, et que ne fait-on pas et n'étouffe-t-on pas avec de l'or?

Je me souviens qu'étant pensionnaire, dans un couvent d'Ursulines, ma mémoire par trop heureuse me valait force punitions ; il me suffisait de parcourir mes leçons pour les savoir autant et mieux que la plupart de mes compagnes qui passaient une heure et demie à les apprendre. L'oisiveté me suggérait mille espiègleries dont les bonnes religieuses détournaient le cours en m'envoyant au piquet. C'était un carré de bois dont le milieu formait deux pieds disposés en ligne transversale. J'y étais rarement seule, et souvent en compagnie d'une jeune fille qui nous disait vingt fois par jour que l'héroïque sang des croisés circulait dans ses veines. Elle portait, en effet, un beau nom.

—N'est-ce pas, Marie, que c'est une injustice de nous mettre aussi souvent au piquet, m'assurait la jeune fille à voix basse ; mais, voyez-vous, j'aime mieux mourir que de demander pardon.

— Et je répondais : vous avez tort, ma bonne, de faire intervenir le sang des croisés en matière aussi puérile ; réservez-le pour les grandes occasions ; quant à moi, dès que je me sentirais tant soit peu fatiguée j'accablerais ma maîtresse de pardons. En définitive, ce ne seront pas les jambes de ces dames qui souffriront de votre obstination, mais bien les vôtres. Voilà bientôt trois mois que nous sommes au piquet, et il est grand temps, je pense, de demander grâce.

— « Etait-ce de l'orgueil ou de l'entêtement de la part de la jeune fillette ? demandai-je à l'institutrice. L'humilité n'est pas toujours le côté qui caractérise les descendants des croisés. »

— Un entêtement enfantin. Quant aux descendants des croisés, pourquoi, don Alonso, ne seraient-ils pas fiers de leur noble origine ? Est-ce que ce pêle-mêle de sectes que nous voyons surgir en Orient de toutes parts ne vous inspire pas de l'admiration pour ces preux, qui sacrifièrent patrie et fortune pour délivrer le tombeau du Sauveur et relever l'empire latin ?

Vous ne sauriez croire le bien-être que j'ai

éprouvé, quand Irène m'a joué, vers deux heures, cette marche des croisés, si guerrière et si belle. Je n'ai su que m'écrier à la fin, en guise de bravos : Oh ! que Pythagore avait raison d'assurer que l'âme était faite pour servir d'écho à la musique !

— « Vous deviez me conter cela ; vous m'avez dit tenir le fait d'un catholique d'Athènes. »

La jeune fille consulta sa montre.

— Encore une heure avant le dîner : c'est autant qu'il en faut pour acquitter ma dette.

Vous connaissez Athènes, ses imposantes ruines, son ciel d'un blanc mat et résolu, Athènes, que l'on voudrait trouver jeune et belle comme au temps d'Homère, et qui ne semble avoir d'avenir que dans le passé ; Athènes qui, peut-être, se souvient encore de Salamine et de Marathon, mais qui ne les appelle pas. Est-ce bien l'influence du beau ciel de la Grèce ? Est-ce la majesté de ses ruines, il est de fait qu'on se sent pris de je ne sais quelle crédulité en abordant la patrie de Périclès et de Thémistocle ; elle dessine les souvenirs comme les vifs reflets du soleil à la chute d'un beau jour dessinent l'horizon en traits de flammes. Tant qu'a duré mon séjour à Athènes, j'ai cru que sous quelques pieds de terre, entourés d'un large mur, reposait intacte la dépouille de Socrate; j'ai vu sa prison taillée dans le roc et où l'on pénètre par un trou pratiqué à la cime; j'ai admiré la lanterne de Démosthènes, appelée communément *Fanaritou Demostenis*. Mais, à peine de retour au Pirée, l'air de la mer dissipe les illusions de la veille, et adieu la douce et superbe crédulité !

Questions d'histoire et de temps, se dit-on.

Un vieux catholique d'Athènes, rentier de son métier, nous servait complaisamment de cicerone dans nos courses artistiques, qui consistaient à revoir le lendemain ce que nous avions vu la veille. Ce cicerone, M. Théocaridis, se prêtait en bon coreligionnaire à l'explication des moindres détails, histoire en main, appendice national en tête, et grand amour de la patrie au cœur. Nos compagnons de voyage le trouvaient d'une prolixité désespérante, et j'en étais peinée. On ne reconstruit pas à peu de frais des temples dont les débris gisent sur le sol, des statues mutilées, des forteresses ébranlées par les canons des Vénitiens.

Le prétendu tombeau de Socrate excitait surtout la verve enthousiaste de M. Théocaridis, car à chaque visite, même exclamation :

— Socrate, le sage Socrate, entrevit dans la nuit du Portique la silhouette du juste, et prédit

que « ce juste serait crucifié s'il apparaissait
parmi nous ! »

— J'ajoutais : ce qui prouve que les hommes
de son temps ne valaient pas mieux que ceux du
nôtre. Mais cette préfiguration du Messie que
vous attribuez à Socrate, venait-elle de lui ou du
divin Platon ? Ce dernier connaissait la loi et les
prophètes autant et mieux que bon nombre de
rabbins. Platon n'était polythéiste que par respect pour les lois.

— Et Pythagore aussi, reprit mon interlocuteur en se grattant l'oreille, ce qui prouve que
ce mouvement est commun à bon nombre de
mortels. Demain, bonne demoiselle, assis sur le
tombeau de Socrate, je vous rapporterai le voyage
du philosophe au mont Carmel.

— Et les cendres du grand homme ne pourront
pas ne point influer sur votre persuasive éloquence.

Le lendemain à l'heure indiquée, j'étais exacte
au rendez-vous ; madame Elenca, à qui je fis la
proposition d'assister à la conférence, accom-
pagna son refus d'un sourire dont l'atticisme de
M. Théocaridis n'avait pas lieu d'être satisfait.
Nous descendîmes ensemble l'escalier de l'hôtel
d'Angleterre, la millionnaire pour monter en
équipage, tandis que la pauvre institutrice se

dirigea modestement à pied vers le tombeau du sage de la Grèce.

M. Théocaridis m'avait devancée d'un quart d'heure; il en avait profité pour s'intaller commodément sur la balustrade du mausolée. Ses pieds rasaient la terre qui recouvrait la dépouille mortelle du sage; je suivis son exemple, et le narrateur débuta ainsi :

— Vous connaissez Pythagore comme chef d'école?

— Non, comme rêveur d'un système de philosophie qui a fait école, dont la mort est le moteur énergique et tout puissant, qui travaille incessamment pour ne rien produire, qui morcelle les mondes entre eux par la série de ses résurrections diverses. Le pire, en cela, c'est que les adeptes de ce système mettent Origène dans leurs rangs, en faisant intervenir la métempsycose, alors que le grand homme entendait parler de la transfiguration des élus. Les propagateurs de ces systèmes, toujours placés entre deux étaux, ont, il faut le croire, l'intelligence des embarras qu'ils présentent, eu égard aux attractions de l'âme vers l'immortalité, car ils font suivre et précéder leurs absurdités de noms imposants et sonores. Pas plus loin qu'hier, un de vos compatriotes de Chio, m'assurait que saint

Augustin était pour le moins aussi panthéiste que lui ; et voilà mon homme en train de me dérouler des passages décousus de la *Cité de Dieu*, où saint Augustin enlace évidemment son antagoniste et se fait tout à lui pour le mieux terrasser.

— Pourquoi ces quarts de passages ? lui dis-je ; au moins un tout entier.

— Deux lignes suffisent pour juger un homme.

— Et pour le faire pendre, ajoutai-je en lui riant au nez. Mais à vous la parole, excellent Cicerone.

— Mon Dieu, poursuivit mon interlocuteur, le système de Pythagore est comme tous les systèmes de philosophie placés en dehors du christianisme, qui seul répond aux aspirations de l'âme ; ils consolent facilement des maux passés, à la condition de combler d'amertume les maux présents.

Je dis donc qu'accablé de tristesse, à la suite de malheurs survenus à ses amis, Pythagore sortit un jour d'Athènes, non pour affaiblir sa douleur, qui devenait de jour en jour plus intense par le fait même du vide de son âme, mais plutôt pour chercher en dehors de l'atmosphère pestiféré des villes le premier mot de l'énigme d'un corps qui pense et agit, et à qui une seconde suffit pour n'être plus qu'une masse inerte.

A peine éloigné de la ville, il aperçoit sur

un coteau couronné d'une plaine un groupe de
jeunes gens des deux sexes, dansant au son de
la flûte et du hautbois; il s'approche, il écoute,
et en même temps que sa douleur s'évanouit,
son imagination aux ailes de feu le ramène à cet
âge où, à son tour, il se mêlait à ces jeux, à ces
rires, à ces moments où la vie est sans souci du
lendemain. La musique cesse, la folle et souriante
jeunesse prend place sur un tertre, et le philosophe porte la main à son front.

— Est-il possible, s'écria-t-il, que des jeux
d'enfants me puissent distraire d'une douleur,
plusieurs jours conservée intacte comme un holocauste ?

Il poursuit sa course, et bientôt un tourbillon
de poussière le mit sur la trace d'un bataillon
venant de faire l'exercice et rentrant à Athènes
au son de la musique.

Oh ! alors, ce furent des transports d'enthousiasme. Pythagore se revit à cet âge où, venant
de combattre pour le salut de la patrie, il rentrait à Athènes, où l'attendait la couronne de
lauriers, destinée aux vainqueurs.

La musique se perd peu à peu dans le lointain,
et quand le dernier son mourut à son oreille, il
se mit à déplorer de nouveau l'instabilité de la
pensée humaine.

N'importe! il poursuit sa marche, et bientôt

encore des voix, mêlées à d'harmonieux instruments, se font entendre : c'étaient des moisson-
neurs qui, au retour des champs, le front ceint
de couronnes de gerbes, rendaient grâces aux
dieux des bienfaits d'une riche moisson.

Le cœur du philosophe battit violemment, et
le souvenir de cet âge où il éparpillait des fleurs
aux pieds de belles moissonneuses, l'emporta sur
la douleur qui naguère le préoccupait si fort.

Là dessus, l'itinéraire est rompu : Pythagore
reprend la route d'Athènes, la pensée plongée
dans un autre ordre d'idées.

— J'y suis! s'écrie-t-il arrivé aux portes de la
ville. Non, ce n'est ni la vue d'une folle et souriante jeunesse, d'un bataillon avide de gloire,
de jeunes filles pleines de sourires et d'avenir
qui m'ont distrait, c'est le son des instruments :
donc notre âme est faite en écho de la musique ;
c'est un souffle immatériel, et par cela même
non destinée à subir la laideur et la décrépitude
de son enveloppe matérielle.

— Quelle est votre idée, don Alonso ? nous
demanda la jeune fille.

— « Est-ce que votre complaisant cicérone
coupa court là-dessus? » répondis-je.

— Non, mais il fit une pause pour se donner le
temps de me serrer la main et d'éclaircir sa voix.

— M. Théocaridis, qui a fait avec Dieu un bail
de longévité des plus respectables, m'avait prise
en grande affection. Bien loin de m'impatienter
quand il remettait une patte au cerf d'une diane
chasseresse ou le fémur d'un jupiter olympien, je
lui venais, au contraire, en aide avec un empressement qui faisait le désespoir de nos compagnons
de voyage, tandis que je riais *in petto* à me donner
des crampes d'estomac. Je respectai son île de
Barataria, et le cher homme m'en savait infini-
ment gré. Aussi ne passait-il pas de jours sans
me tenir ce doux langage :

— Ah! que n'ai-je cinquante ans de moins!
Aurions-nous fait un charmant couple! Un mois
fait encore défaut au début de la cinquantaine, où
je commençais à faire la cour à ma pauvre et belle
Cariclée.

Figurez-vous qu'un jour, en face de l'Acropole, il se passa la fantaisie de m'armer d'un
binocle qui ne le quittait ni nuit ni jour, de me
planter devant lui, d'ajuster son bras sur mon
épaule droite à la façon d'une carabine, et, pour
conclure, de s'écrier : Je vise juste; à vous de
voir clair.

— Mais, monsieur, répondis-je, épargnez de
nouveaux projectiles à ces nobles murailles, elles
me semblent suffisamment mutilées.

— Vous n'y êtes pas; cherchez encore.

— Si c'est un doux et timide lézard, j'en vois par douzaines.

— C'est, dit enfin M. Théocaridis, une pièce de gros calibre envoyée par Morosini en personne.

— Joignit-il une lettre à l'envoi? demandai-je; sans cette précaution, comment le savoir?

— Vous ne saisissez pas ma pensée, observa le brave homme, en me désarmant du binocle et de la carabine à bout portant.

— Hélas! murmura la jeune fille, ce temps de franche et d'innocente gaieté est passé pour ne plus revenir.

— « Chassez donc ces sombres idées, lui dis-je, M. C... n'ignore pas l'influence de votre tante. »

— Achmet et l'un des jardiniers sont vendus, don Alonso, et, quand on a recours à de tels moyens, qu'espérer? La prudence est la fille aînée de la sûreté. Toute la force de la femme réside dans son honneur; quand une fois elle a eu le malheur de le perdre, Dieu peut lui pardonner, si elle est repentante, mais le monde est inflexible, et il a raison.

— « M. C..., mademoiselle, est comme tous ceux qui aiment, suffisamment jaloux, et curieux, par cela même, d'être au courant de vos pas et de vos démarches; peut-être aura-t-il glissé un peu d'or à cette intention aux mains des gens, mais, je le crois incapable d'une infamie. »

— Revenons au tombeau de Socrate où m'attend M. Théocaridis; l'heure du dîner approche.

Il va sans dire, poursuivit le bon Hellène, que Pythagore n'était pas homme à abandonner une idée souriant à son âme. Huit jours après, il quittait Athènes, avec une suite de prince, et ne s'arrêtait qu'au pied du mont Carmel.

— « Vrai! observai-je, il est grand dommage que Pythagore soit né deux mille six ans trop tôt; il aurait fait assez bonne figure parmi les philosophes de nos jours. »

Et maintenant, permettez-moi de prendre la parole pour M. Théocaridis qui a profité de mon interruption pour reprendre longuement haleine.

Pythagore gravit seul et à pied le Carmel, couronné d'un monastère, où les descendants des prophètes attendaient dans le recueillement, les mortifications et la prière, la venue du Libérateur promis au genre humain. Là, au sommet d'un lieu en quelque sorte inaccessible, comme d'autres Moïses au mont Sinaï, les mains et les regards tournés vers le ciel, ces hommes, revêtus de cilices, imploraient jour et nuit la clémence d'un Dieu justement irrité.

Le Carmel! Quoi de plus touchant que cet

ordre, et comment ne pas se sentir ému jusqu'au fond de l'âme à la pensée de frères s'immolant pour racheter nos misères? Leurs corps réduits, par les macérations, à ce rôle qui reste le vrai, c'est-à-dire morts aux préoccupations du monde, sont au niveau de l'âme dans ses élans de compassion et d'amour.

Oh! gloire au ciel et sur la terre à notre Thérèse d'Espagne, à la sainte réformatrice du Carmel, que ses filles appellent toujours la *Santa Madre*, et qui, du sein de la ville d'Albe, où elle est morte pour aller vivre de la vie de la reconnaissance dans le sein de son divin Époux, répandit sur tous les monastères du monde la semence et le parfum de ses vertus! *O padecer o morir* (ou souffrir ou mourir), telle était sa devise.

Revenons à Pythagore, qui s'entretient avec les descendants des prophètes, des promesses faites à la postérité d'Adam. Celui qui avait rêvé sincèrement le système de la transmigration des âmes, ne pouvait pas ne se point enthousiasmer à une perspective d'autant plus magnifique, qu'elle est en harmonie avec le désir humain, altéré d'immortalité.

Mais pourquoi, s'écria-t-il, ne révèlerions-nous pas dès aussitôt au monde entier la loi et les prophètes ; nous le transformerions, du som-

met à la base, tant au profit de ses destinées
futures que de la saine philosophie ; car mourir
une fois, c'est assez.

— L'heure n'est pas encore venue, et le premier mot que vous prononcerez au bas de la montagne, répondirent tristement ces hommes de
Dieu, vous donnera la clef de l'énigme.

Le philosophe passa onze jours au mont Carmel, tout occupé de l'avénement du Fils de Dieu,
des enseignements et des préceptes dont il do-
terait le monde avant de donner son sang pour le
racheter. Ce terme expiré, il prit congé des descendants des prophètes, et une fois au bas de la
montagne où, ne retrouvant pas les gens de sa
suite : *Esclaves!* fut le premier mot qui s'échappa
de ses lèvres d'un ton d'appel.

— Ah ! fit-il aussitôt, c'est à ce mot que se
rattache la clef de l'énigme.... Esclaves! s'écria
le philosophe quand il eut pris le temps de la
réflexion ; oui, esclaves de nos passions, de nos
vices, de nos désordres ! Et comment, sans secouer le joug de ce honteux esclavage, régénérer
l'humanité.... Ah! sans doute, notre âme est
faite en écho de la musique ; c'est une lyre dont
les institutions promises feront vibrer les sept
cordes à chaque étape de la route à parcourir.

Inutile d'ajouter, cher compatriote, que les

sept sacrements sont les sept cordes de la lyre de notre âme, dont chaque son fait écho à ses nobles inspirations.

— « Est-ce que le digne Athénien vous rapporta le fait tel que vous venez de le faire ? »

— J'avais trois heures à lui consacrer, tandis que nous sommes privés de cet avantage. Je l'ai donc dépouillé de la fleur de ses réflexions personnelles, qui, à vrai dire, n'ajoutent rien au récit.

— Eh bien ! que dites-vous de notre Pythagore ? me demanda M. Théocaridis, le récit terminé.

— Je dis qu'à son retour du mont Carmel, d'où il partit complétement convaincu que son système n'était autre qu'une série de songes creux, en contradiction flagrante avec le désir de l'humanité ; il aurait dû, dis-je, verser des flots d'encre pour démontrer l'absurdité de ses rêveries.

— Comme vous y allez, répondit l'Athénien d'un ton tant soit peu bourru, comme si l'on trouvait souvent des gens disposés à faire l'antithèse de leurs propres erreurs.

— Vous voulez dire, M. Théocaridis, qu'il répugne à la nature humaine de rompre les engagements pris avec l'écritoire. C'est terrible, j'en

conviens ; raison de plus pour admirer en toute
sincérité, au lieu de leur jeter la pierre, ceux
qui ont le courage de le faire.

Nous devions partir le lendemain soir ; M. Théocaridis le savait, et tint pour cela même à me
faire les derniers honneurs de cette Athènes, où
l'art a fleuri si magnifiquement autrefois au
profit du monde son héritier. Et bien entendu,
c'était sur la supériorité de l'ordre dorique sur
l'ordre gothique que s'exerçait l'éloquence du
bon vieillard.

— Je suis pour l'ordre gothique, m'écriai-je
au bout d'une demi-heure de démonstrations
vingt fois faites, je suis pour nos vieilles basi-
liques aux tours élancées vers les cieux comme
un symbole d'espérance, pour ce muet *sursum
corda* qui soutient nos cœurs en élevant nos
âmes.

Nous étions en face du temple de Thésée, le
moins détérioré d'Athènes. C'est une Madeleine
en petit, quant aux proportions ; quant à l'art,
aucune comparaison n'est possible. Plus loin, un
fragment de colonnes d'un temple de Jupiter
olympien. Là encore, M. Théocaridis m'arma de
son binocle, étendit son bras en l'air, légèrement
appuyé sur mon épaule, puis il s'écria :

— Y êtes vous ?

— Où ? demandai-je.

— Aux chapiteaux de ces colonnes aériennes.

— Oui.

— Regardez-les attentivement dix minutes ; puis vous me direz quelque chose.

— Quoi ? repris-je.

— Que l'ordre gothique est un ordre paysan comparé à l'ordre dorique, si léger, si gracieux. Voyez ces colonnes semblables à de jeunes filles sveltes et déliées ; le sol n'est pour elles qu'un point d'appui ou d'équilibre. Dites que vous aimez l'ordre gothique parce que vous êtes née à son ombre, que, du haut de ses tours, la voix de l'Église appelle à la prière ; mais, de grâce, abstenez-vous de le préférer !

— Pourquoi cette masure au sommet de l'une d'elles ? Quelque stylite grec l'aurait-il habitée ?

— C'est une case de derviche.

— Comme une réminiscence du joug qui a pesé sur la Grèce environ trois siècles.

Le génie destructeur de la domination turque se fait sentir de toutes parts à Athènes ; et toutefois, je doute qu'il ait causé autant de ravages que les flottes vénitiennes, qui, après avoir bombardé le Pirée à plusieurs reprises, firent mainbasse sur les chefs-d'œuvre de l'antiquité. Figurez-vous qu'en plaisantant à propos de la pièce

14.

de gros calibre, envoyée par Morosini en personne, j'avais les larmes aux yeux des ravages dus aux moyens de destruction inventés par les hommes. Quand donc seront-ils bons? quand cesseront-ils de s'entr'égorger entre eux ?

Je rentrai à l'hôtel, accompagnée de mon guide, qui devait dîner avec nous ; il me fit passer de nouveau devant l'Acropole, doré des vifs reflets du soleil aux dernières heures du jour.

— Mon Dieu ! fis-je, tel devait être son aspect quand Morosini envoyait les pièces de gros calibre en personne.

— C'est vrai, murmura M. Théocaridis ; et c'est la première fois que pareille idée me passe par la tête.

— Dites qu'on l'y fait passer, observai-je en souriant. Nous étions à la porte de l'hôtel.

— Vous avez une patience d'ange avec M. Théocaridis me vint dire à voix basse madame Elenca; vous devez être ahurie : c'est un malheur, ma chère, que de ne savoir rien refuser.

— Ahurie! pas le moins du monde. Les roses de M. Théocaridis sont, je l'avoue, criblées d'épines, mais leur éclat en est-il moins beau ? Le voyage de Pythagore au mont Carmel, redondances comprises, m'a beaucoup plus intéressé qu'une promenade en voiture, qui m'aurait offert la deuxième représentation du roi Othon ou de la reine Amélie.

Ce pauvre homme aime son pays, et quoi de plus naturel? Si vous saviez à quel point j'aime aussi mes montagnes, notre jolie ville de Pau, avec son vieux castel armé de tours surmontées de créneaux ébréchés par le temps, mais qui se souviennent encore de la naissance de notre Henri.

— *Bouyourum*, dit un domestique en ouvrant la porte; autrement dire, on vous attend.

CHAPITRE IX.

Retour en France de l'institutrice.

> Croix du Rédempteur, bénie soit la main qui t'élève partout où peut passer un affligé. (Droz.)
>
> Si vous portez la croix de bon cœur, elle vous portera et vous conduira au terme désiré, c'est-à-dire là où cessent les souffrances; mais ce ne sera pas en cette vie. (IMITATION DE J.-C., II, 12.)

Huit jours d'attente ! c'est un siècle, quand on est sous le coup d'un événement qu'on redoute. Et néanmoins, quelle singulière aptitude a l'homme pour souffrir! Il ne sait pas attendre l'heure de l'épreuve; il court à sa recherche et ne semble avoir de repos que lorsqu'il la saisit.

Il s'agit ici des huit jours de réflexions accordés par M. C.... à la jeune fille naguère si riante, si vive et si bonne; parfois, elle nous tenait ce sympathique langage :

— Mes larmes affluent avec une telle précipitation vers mes paupières, à la vue des misères humaines, que m'empêcher de les verser, ce serait me condamner à un horrible supplice.

Ces huit jours touchaient à leur terme, et pas de nouvelles. Mes occupations nombreuses et diverses ne m'avaient pas permis, comme je le désirais, de retourner à Yeni-Keui pour être mis au courant des incidents.

Le jeune homme que j'espérais revoir n'avait point paru; nécessairement, il méditait un triomphe ou il se livrait à la résignation. Bref, n'en pouvant plus d'impatience, je pris la route de l'hôpital.

Sœur Pauline nous aborda en tablier blanc; elle venait de visiter ses malades; sa physionomie était toujours la même, c'est-à-dire empreinte de ce calme inhérent à la complète abnégation de toute personnalité.

— « Quelles nouvelles me donnez-vous de votre nièce? dis-je en la voyant. »

— La pauvre enfant est résignée à la volonté de Dieu, et vous ne sauriez croire, don Alonso, combien ce puissant recours en haut donne de force aux heures d'épreuve. Mes trente ans passés, tantôt dans un hôpital, tantôt dans un autre, m'ont fourni plus d'un thème à développer. Très-sûrement, notre but à tous, en entrant dans la vie, n'est autre que la mort; et, cependant, comment fixer le chiffre de gens qui s'en vont vingt, trente, quarante ans, plus tôt, par l'effet du poison que les plaies morales versent dans les plaies purement physiques !

Du reste, le fidèle Pétros m'apporte régulièrement de ses nouvelles; je l'ai mis au fait de la situation que cet honnête homme a parfaitement comprise. Bien mieux, il m'a promis de veiller sur elle, comme un père veille sur ses enfants. Quelle belle âme sous cette rude enveloppe ! comme dit Marie, qui le devina du premier abord. Un mois après son arrivée à Constantinople, elle m'arrivait toute joyeuse de sa découverte.

— Qu'en sais-tu ? lui dis-je, puisque tu ne connais pas un mot de turc.

La jeune fille se récria, en m'assurant qu'elle en savait au moins cinquante; que Pétros bredouillait quelques mots d'italien, et qu'au besoin les signes suppléaient à l'insuffisance du langage; seulement, ma tante, ajouta-t-elle, prenez garde que je ne vous arrive un de ces beaux matins un bras disloqué à force de gesticuler.

En somme, c'est aujourd'hui que le jeune homme retourne à Yeni-Keui; donc, à ce soir, la nouvelle.

— Pourquoi, fis-je observer à la supérieure,

n'avez-vous pas prévenu le chancelier de l'ambassade? Un avertissement aurait eu son bon côté.

— C'était d'abord mon intention, mais, réflexion faite, j'y ai renoncé. La malheureuse affection qu'a inspirée à M. C.... la vivacité de son caractère, jointe à une éducation dont manquent essentiellement les femmes d'Orient, aboutirait, tôt ou tard, à un malheur qu'il faut éviter à tout prix.

Le lendemain matin, vers six heures, j'étais réveillé par la voix monotone et cadencée qui naguère avait frappé mes oreilles. D'un bond, je fus à la croisée ; c'était Pétros nous faisant signe d'ouvrir la porte.

— Qu'est-ce? dis-je en l'ouvrant précipitamment.

— Ah! Téchélébi don Alonso, où étais-tu hier vers onze heures?

— Tu m'effrayes, pourquoi ne pas aller trouver la marabet?

— A cette heure, c'est peine inutile, poursuivit-il ; mais si la nièce de la marabet n'a pas été enlevée cette nuit, pour sûr elle le sera la prochaine. M. C.... a juré d'avoir raison des influences jésuitiques.

— Des influences jésuitiques!... pour le coup

c'est un peu fort. MM. les hérétiques supposeraient-ils aux Pères de la Compagnie de Jésus, à l'instar des schismatiques, la faculté de communiquer instantanément d'une contrée à une autre au moyen d'un porte-voix?

— Je n'ai qu'un mot à ajouter à ce qui précède, reprit Pétros; agissez au plus vite, peut-être est-ce encore temps. La moitié des domestiques sont gagnés.

Quelques minutes me suffirent pour compléter ma toilette, bien que je fusse en proie à une affreuse surexcitation. Dans quel état vais-je trouver sœur Pauline, si ce malheureux s'est rendu coupable d'une pareille infamie? ne cessais-je de me dire. Oh! mon Dieu! est-ce donc ainsi qu'est récompensée la vertu en ce monde?

J'arrivai à la porte de l'hôpital.

— Sœur Pauline! dis-je en m'élançant au vestibule.

— Qu'avez-vous, monsieur? nous demanda une sœur; vous serait-il arrivé quelque malheur? vous semblez bouleversé!

— Ce n'est pas de moi qu'il s'agit; demandez madame la supérieure, je vous prie, l'affaire qui m'amène est des plus graves.

La bonne sœur se dirigea vers l'escalier et revint presqu'aussitôt, suivie de sœur Pauline.

— Mais mon pauvre ami, dit sœur Pauline en ouvrant la porte de son cabinet, vous m'effrayez!

— Votre nièce, ma sœur, court un danger imminent.

— Rassurez-vous, reprit bien vite la bonne sœur, en nous serrant la main et remerciez Dieu; de fait, la chère petite a échappé à un grand malheur.

— Où est-elle? bonne mère.

— Avec sa tante, jusqu'à cinq heures; vous la trouverez à la chapelle; elle vous racontera les péripéties de sa journée d'hier, autant et mieux que je ne saurais le faire; il me faut retourner auprès de mes malades.

La jeune fille était agenouillée devant un autel consacré à la Vierge, le front ceint, si l'on peut ainsi dire, d'une auréole de reconnaissance. Pas une parole ne s'échappait de ses lèvres; et, pourtant, qu'il était facile de lire sur cette physionomie ce qui se passait au fond de son âme!

— Patronne et bonne Mère! dit-elle enfin, oh! combien la protection que vous accordez aux pauvres déshérités de ce monde se manifeste aux heures d'angoisse! Oui, vous m'avez prise par la main à l'heure du danger; oui, vous m'avez écartée du précipice ouvert sous mes pas. Que votre nom soit béni à jamais!

Nous entrâmes dans le cabinet de la supérieure. Mademoiselle Marie se plaignit de mon silence ; elle me le reprochait comme un manque d'intérêt, alors que mes nombreuses occupations, y compris la crainte de lui nuire, étaient les seules raisons que j'avais à lui opposer.

— J'accepte vos excuses, répondit la jeune personne ; mais quelle semaine, bon Dieu ! L'idée de me séparer de mon petit Yousouf auquel j'ai voué une affection maternelle m'a brisé le cœur à tant de reprises qu'aujourd'hui je suis inguérissable. On aurait dit que ce bon petit être avait le pressentiment du malheur suspendu sur ma tête ; il redoublait de tendresse et ne cessait de me répéter qu'il m'aimerait toujours comme les étoiles du ciel.

—« Parlons de vous, chère demoiselle, je suis impatient de connaître les événements de la journée d'hier. »

— Parlons d'abord de choses qui m'intéressent à plus d'un titre. Mon bon Pétros vient de m'apporter, sur ma recommandation, deux magnifiques bouquets de Yeni-Keui. Auriez-vous la complaisance d'en déposer un sur la tombe de Madame la baronne... au grand champ des Morts, l'autre sur celle de ma belle Zaïda ? Peu importe qu'ils soient à la merci du premier passant ; en

aurais-je moins satisfait à mon cœur? Il m'en
souvient, c'était quelques minutes avant de rendre
son âme à Dieu, la pauvre Zaïda m'ouvrit ses
bras d'albâtre, où je me précipitai en pleurant.

— Pourquoi pleurer? reprit-elle; je meurs
satisfaite; je quitte un monde où je n'ai connu
que l'ennui, avec la consolation qu'une bonne
âme se souviendra de moi. Là-haut, à mon tour,
je demanderai à Dieu de te conserver pure
comme la fleur épanouie sous la douce influence
des premiers rayons du matin.

Elle m'a tenu sa promesse, poursuivit la jeune
fille, en fondant en larmes; mais, bonne Zaïda,
près ou loin de ta tombe, ton souvenir vivra éter-
nellement dans mon cœur. Vous me promettez,
n'est-ce pas de vous acquitter de ma commission?

— « En pouvez-vous douter? »

— Quant à Pétros, je ne pourrais jamais m'acquitter envers lui. Cette âme sensible et pure
comprend la douleur, et s'y dévoue avec cette
abnégation qui caractérise les cœurs d'élite.
Venons à mes péripéties d'hier, c'est mal à moi
de mettre votre anxiété à une si rude épreuve.

Vous savez que M. C.... m'avait donné huit
jours de réflexion; je les passai à continuer mes
classes, à mettre ordre à mes affaires, à caresser
le petit Joseph, et pas le moins du monde à réfléchir sur un parti pris.

Ces dames, désolées comme il est peu possible de l'être, s'opposaient à une entrevue ; mais, d'accord avec ma tante, j'ai insisté sur ce point. Les moments de dépit mettent en lumière le fond de la pensée.

Hier, vers deux heures, M. C.... arrivait à Yeni-Keui, souriant comme d'habitude, et néanmoins le front soucieux. Évidemment, il souffrait d'aborder une maison où sa présence était plus qu'importune.

Madame Sophia se retira presque aussitôt, visiblement contrariée.

— Monsieur C...., dit-elle, arrivée à la porte, je vous laisse un instant le champ libre ; mais que ce soit une bonne fois pour toutes. Notre empressement à vous obliger nous a mis la mort dans l'âme.

Un silence de dix minutes succéda aux paroles de la digne et noble femme.

— Avouez, mademoiselle, dit enfin M. C..., qu'il faut vous bien affectionner pour s'exposer à une semblable réception.

— Permettez, monsieur, répondis-je ; ces dames ont le droit de se montrer indisposées, car vous arrachez à leurs enfants une seconde mère.

— Dans quel sens l'entendez-vous, mademoiselle ?

— Et vous, monsieur?

— Abordons franchement la question. Je dis qu'en cédant au mariage mixte, toutes les concessions qu'il m'était possible de faire sont faites. J'ai compris, en outre, que votre foi se rattachant à votre nationalité, pour laquelle j'ai une vive sympathie, c'était vous demander un trop grand sacrifice. Mais si, après huit jours de réflexion, vous persistez encore dans votre refus, c'est que vous cédez aux influences qui sont autour de vous, et dont j'aurai raison bon gré, mal gré. J'ai cédé, moi, à l'entraînement de mon cœur; tout calcul y est étranger. Bien au contraire; je voulais, en nous mariant, prévenir les éventualités inhérentes à la fragilité de la vie humaine. Vous avez tout refusé, sans songer combien il est pénible d'interpréter à faux de nobles sentiments. Voyons, consentez-vous? me promettez-vous de ne suivre que l'impulsion de votre cœur?

— Vous dépeindre dans quel état il était en prononçant ces derniers mots, serait chose impossible; sa figure était en flammes, et haletant, il attendait un oui qui l'allait transporter d'allégresse, ou un non qui allait le jeter dans de périlleuses extrémités.

J'étais muette. Que répondre en présence d'une telle exaltation? Comprenez-vous qu'on puisse inspirer des sentiments tels, quand la nature s'est dispensée de vous doter de tout agrément physique. En vérité, je m'y perds!

— Mais parlez, reprit le jeune homme de plus en plus exalté.

— Mon silence équivaut à un non. Pourquoi, monsieur, revenir sur un refus trois fois formulé?

— C'est que je vous aime! s'écria-t-il, en se levant comme un fou.

— Encore un mot, monsieur. Sachez que je suis catholique avant d'être française, bien que je tienne à ma nationalité autant et plus qu'à ma vie. Le bonheur dans le mariage, selon moi du moins, consiste, non dans les biens purement matériels que l'homme peut offrir à la femme, mais dans l'union intime de deux âmes pour cette vie et pour l'autre.

— Est-ce votre dernier mot? ajouta-t-il les yeux remplis de larmes.

— Ne pleurez pas, dis-je en lui prenant la main; oubliez-moi, résignez-vous à la volonté de Dieu, et Dieu vous consolera.

— Non, jamais!

Mme Sophia rentrait au même instant; elle avait entendu les dernières paroles du jeune homme.

L'excellente femme m'ouvrit ses bras, où je me jetai en lui disant : Adieu ; car Pétros, que j'avais consigné au jardin, entra le visage plus mystérieux que de coutume.

— Dépêche-toi, me vint-il dire ; j'ai vu M. C. échanger un regard d'intelligence avec Achmet, un des jardiniers et le maître d'hôtel.

— Ah ! Dieu les préserve, exclama l'aïeule, d'avoir trempé dans une infamie.

— Pour en avoir la certitude, je vais tâcher de m'éclipser sans être vue. A votre tour, laissez croire qu'une forte migraine me retient chez moi. Toi, Pétros, prends le devant sans changer de costume.

Deux heures plus tard j'étais avec ma tante qui redoublait d'effusion pour tempérer la nouvelle épreuve que la Providence jugeait bon de m'envoyer. Figurez-vous ce que j'ai souffert de me séparer de mes trois enfants sans les presser sur mon cœur. Ah ! vraiment, si Dieu ne nous venait pas en aide à ces heures d'angoisse, elles seraient au-dessus de nos forces.

— « De quel prétexte va-t-on se servir pour donner une couleur à votre départ précipité ? »

— D'une lettre m'annonçant que ma bonne mère est gravement malade.

— La compensation, d'ailleurs, suit de près

la disgrâce. Je pars en compagnie de sœur Stanislas, souffrante depuis longtemps ; elle retourne à la maison-mère où je vais l'accompagner. Mais laissez-moi vous dire bien vite une chose pour ne pas l'oublier. Savez-vous qui j'ai rencontré hier soir au dispensaire ?

— « Comment le savoir ? »

— La femme d'Usseim bey.

— « C'est impossible ! »

— Pourquoi impossible ? Mettriez-vous au rang des impossibilités les choses les plus ordinaires de la vie ? Votre Usseim bey m'a toujours fait l'effet d'un homme aimant fort le clinquant ou la mise en scène, et c'est en cela, je vous le jure, qu'il fait consister les idées de progrès dont il se dit imbu. Le progressiste ne monte à cheval que suivi de deux *séïs* (laquais); c'est beaucoup de luxe, qu'on tolèrerait sans doute si sa fortune l'appuyait. Rien de tel n'a lieu ; mais votre Usseim bey, homme fertile en expédients, a trouvé moyen de parer à ses idées de progrès en réduisant sa jolie femme, point sotte du tout, à une expression de simplicité vraiment superbe.

— « C'est une plaisanterie que vous me faites? »

— Le moment est mal choisi; au surplus, libre à vous de questionner ma tante.

— « Comment avez-vous su que vous aviez affaire à la femme d'Usseim bey ? »

— C'est bien simple ; je parcourais le dispensaire, demandant aux uns et aux autres des nouvelles de leurs infirmités respectives, quand j'ai aperçu à l'entrée, et assise sur l'un des bancs, une femme aux yeux et au nez superbes ; le yachmak dérobait soigneusement le reste de sa jolie figure.

Que désires-tu ? lui ai-je dit en l'abordant.

— Mon petit Ali est malade, et je l'apporte à la marabet pour qu'elle veuille bien lui tâter le pouls et m'indiquer le moyen de le guérir.

— Comment n'as-tu pas appelé un médecin ? Tu ne me fais pas l'effet d'être très-pauvre.

— Si tu crois cela, tu es dans l'erreur ; une femme est toujours pauvre quand son mari la laisse sans argent.

— S'il en est également privé, rien de plus naturel.

— Mon bey, vois-tu, vendrait sa chemise pour avoir de beaux chevaux et se faire suivre de ses laquais.

— Tu es donc la femme d'un bey ! me suis-je écriée, et comment se nomme-t-il ?

— Usseim.

— N'est-il pas colonel ?

15.

— Mais, femme, tu connais donc mon bey ? m'a demandé la jeune Hadavier d'un air stupéfait.

— Je l'ai rencontré dans une maison, offrant galamment le bras à la maîtresse du logis pour se rendre à la salle à manger.

Sûrement, dans toute autre occasion, ma tante m'aurait mise à la porte du dispensaire, tandis que cette fois elle s'est bornée à me faire observer que je mettais madame Usseim aux prises avec le démon de la jalousie.

— *Féna ! féna !* s'écriait la jeune femme, alors que je faisais de rudes efforts pour la faire entrer à la pharmacie.

— Es-tu folle de crier ainsi, lui ai-je dit ensuite ; chaque pays a ses habitudes. Ton bey, qui a longtemps vécu à Paris, se francise lorsqu'il se trouve avec des Français, et il se fait à leurs usages.

— Me dis-tu vrai ?

— Sans doute !

— Vois si je suis belle, poursuivit madame Usseim en ôtant son voile, eh bien ! pourrais-tu croire que mon bey me menace tous les jours de me répudier ?

— Il prétend que tu le ruines.

— La chose serait difficile, vu qu'il absorbe à

lui seul les sept huitièmes de nos revenus; et cependant j'avoue que je prends, de mon côté, autant qu'il m'est possible.

C'est une précaution urgente. Cette femme peut être répudiée d'un jour à l'autre et se trouver dans de grands embarras.

— « Bon! »

— Comment, bon! don Alonso. Est-ce avoir du cœur que de suspendre sur la tête de sa femme une épée de Damoclès, sous le nom de divorce? Qu'est-ce qui resserre les intérêts dans le mariage, sinon l'idée d'une union que la mort seule peut briser? Plus les femmes turques pillent leurs maris, mieux elles font. C'est, du reste, un conseil qu'il est inutile de leur donner; les trois quarts ont l'intelligence de leur triste position.

— «Adieu tous nos récits, dis-je à la jeune fille avec un accent de profonde tristesse. Mais vous vous exagérez la gravité du danger. »

— Vous croyez? Eh bien! Écoutez-moi.

Je vous ai dit que Pétros m'était arrivé ce matin vers six heures, muni des deux bouquets dont je lui avais parlé. J'étais encore couchée; mais, prévenue de son arrivée, cinq minutes m'ont suffi pour être auprès de lui.

— Ah! cocona Mériem, a-t-il exclamé en me voyant, l'as-tu échappé belle! Va, tu peux faire, brûler un beau cierge à la Mère du Sauveur! T'a-t-elle protégée!

— « Qu'est-ce? mon Dieu! qu'est-ce? »

— Voici le fait :

De retour d'une promenade faite à dessein pour écarter les enfants, grand'mère leur annonça qu'une forte migraine me retenait chez moi, et que j'avais prié de ne laisser entrer personne. Yousouf se prit à pleurer en assurant que je le voulais toujours, parce qu'il était mien, et que ma recommandation ne s'adressait nullement à lui.

Mais seule avec madame Elenca, l'aïeule lui fit part de mes soupçons et de son vif désir d'éclaircir le fait. A l'heure habituelle, ces dames montèrent chacune dans leurs chambres, l'intendant ayant été prévenu de la trahison soupçonnée. Vers une heure du matin, madame Sophia qui veillait, à moitié couchée sur son divan, entendit un léger bruit de pas au vestibule. Elle s'arme aussitôt d'un flambeau, entraîne sa femme de chambre : et que voit-elle? Quatre hommes masqués et armés jusqu'aux dents sortir de ma chambre à coucher; elle pousse un cri, appelle madame Elenca et tombe évanouie entre les bras de l'intendant. Aussitôt revenue à elle, la pauvre femme ne pouvait que s'écrier :

« Mon Dieu ! l'avez-vous protégée ! » Les quatre hommes chargés de l'enlèvement à l'intérieur n'étaient autres qu'Achmet, l'un des jardiniers, le maître d'hôtel et le valet de chambre de M. C..., qui attendait dans un kaïque à cinq paires de rames le prix de son infamie. L'intendant avait jugé bon de les laisser faire, me sachant hors de danger. — La mystification, du reste, était doublement énergique. Vous figurez-vous tout ce monde armé jusqu'aux dents pour procéder à l'enlèvement de ma pauvre personne ?

— Vous n'êtes que des traîtres ! s'écria M. C... en les voyant revenir seuls.

— Et vous êtes un infâme, répondit madame Elenca de l'une des croisées ; autre part qu'en Turquie, votre misérable tentative vous vaudrait dix ans de bagne.

La croisée se referma et la maison rentra dans le silence.

— « Est-ce possible ? » m'écriai-je.

— C'est la vérité, monsieur ; et maintenant, vous semble-t-il opportun ou inopportun de mettre la mer entre lui et moi ? Ce qu'il a osé tenter une fois, il l'oserait une seconde ; dès que la crainte de Dieu n'oppose pas une digue aux passions humaines, s'y exposer, c'est courir à sa perte. Lorsque ma pauvre tante, toute résignée

qu'elle est aux éventualités de ce triste monde,
a connu le fait, elle s'est jetée aux pied de la
croix en sanglotant.

— « A présent, oui, j'approuve votre départ,
dis-je à la jeune fille; vous n'êtes pas en sûreté,
et tôt ou tard il vous arriverait malheur. Cet
homme, au surplus, doit vous inspirer le plus
profond mépris. Mais partie, vous n'oublierez pas,
je l'espère, vos amis de Constantinople : leurs
vœux vous suivront, et croyez aussi qu'une jeunesse passée à faire le bien aura un jour sa récompense. »

— Je n'en attends aucune ici-bas, car il est de
ces choses que Dieu seul peut récompenser; c'est
un cœur brisé à son premier sourire... Et M. Théocaridis que je vais revoir, comptez-vous cela pour
rien? Le cher homme me reconduira au tombeau
de Socrate, et sera de la partie, j'en suis sûre, à
mon retour au Pirée. J'aime les vieillards, d'abord
à cause du respect qu'ils inspirent, puis un peu
par esprit d'égoïsme. Comme ils ont beaucoup
vécu, ils ont beaucoup vu, et par conséquent retenu; c'est une encyclopédie, qui a l'avantage de
posséder les harmonies de la parole, qui a toujours son père auprès d'elle pour la défendre. Le
rêve de M. Théocaridis n'est autre que de remettre sur pied le temple de Jupiter olympien,

en l'honneur du Dieu inconnu aux Athéniens de l'Aréopage.

— Mais le plan, lui disais-je est passé aux archives de l'oubli.

— Allons donc, bonne demoiselle, il suffirait d'une colonne pour inspirer un habile architecte; à plus forte raison, quand dix s'élèvent vers les cieux.

Madame Elenca entrait au même moment. Les deux femmes se précipitèrent dans les bras l'une de l'autre et se livrèrent à une expansion que nulle plume ne saurait définir...

— Aviez-vous raison, dit enfin la jeune femme, de vouloir partir!... Je me reprocherai toujours de vous avoir accusée d'indifférence, vous qui m'avez donné tant de preuves de dévouement!... Quelle infamie!... Oh! ce soir, à cinq heures, vous serez vengée. Au moment où nous nous séparerons, une lettre de ma grand'mère apprendra à M. C... l'inutilité de recourir à de nouvelles tentatives. J'ai joué plus d'hypocrisie ce matin, que je ne l'ai fait de ma vie : j'ai feint d'ignorer les noms des complices; j'ai assuré que vous restiez quelques jours à Péra pour vous remettre de vos fatigues.

— Que veux-tu, Cocona Elenca, a répondu Achmet, si la nièce de la marabet est souffrante, c'est qu'elle devait l'être.

— Mon Dieu! me suis-je dit, donnez-moi quelque peu de patience. Je voyais le moment où je l'allais souffleter.

— Je vous demande grâce pour des malheureux que la vue de l'or a étourdis, dit la jeune institutrice.

— Grâce pour des traîtres! s'écria Mᵐᵉ Elença, y pensez-vous, ma bonne? Est-on en sûreté dans une maison avec de telles gens? Bien au contraire, j'ai formellement dit à l'intendant que je ne voulais pas les retrouver chez moi à mon retour.

— Je n'insiste pas; vous avez des filles, et bientôt une à marier. Parlons de Pétros que je vous recommande; me promettez-vous, Elenca, d'acquitter ma dette de reconnaissance? de songer à son humble mais honorable famille? Le grain semé en bonne terre rapporte cent pour un. Quant à vos enfants, il m'est impossible d'en parler, si je veux rester calme...

Et tout aussitôt des larmes indépendantes de la volonté se firent jour entre les paupières de la jeune fille que madame Elenca essuya en l'entraînant au jardin.

Sœur Pauline vint nous rejoindre.

— Vous n'avez probablement rien pris d'aujourd'hui, dit-elle; suivez-moi à la pharmacie où vous attend un modeste déjeuner.

— « C'est inutile, ma sœur, j'ai le cœur brisé. »

— Pauvre enfant ! que ne doit-elle pas de reconnaissance à Dieu d'être sortie saine et sauve du danger qu'elle a couru ? Ce n'est jamais le mieux qu'il faut voir en ce monde ; non, c'est le pire : tel est le moyen de se trouver relativement satisfait. Est-ce qu'un naufragé songe à son bagage dès qu'il a la vie sauve ? Il songe à la mort qu'il a entrevue ; et remercie la Providence de se trouver en bonne santé, quand tant d'autres ont péri.

Pour moi, je n'ai pas le courage de la voir, je crains de faiblir, et ce n'est pas le moment. Tout l'hôpital, dont elle connaît le plus petit coin, est d'une tristesse désolante ; elle y apportait son inaltérable gaîté, ses joyeux rires, ses anecdotes, précédées et suivies de ses réflexions à elle, qui, vous le savez, ne sont pas les réflexions de tout le monde. Combien de fois m'est-il arrivé de la voir entourée de pauvres convalescents, tout oreilles à des récits qui n'étaient interrompus que par de bruyants rires ou d'enthousiastes bravos ?

— Va, lui disais-je ensuite, tu as manqué ta vocation, il fallait te livrer à la peinture ; le plus grossier morceau de toile t'aurait suffi pour y faire passer toutes les nuances de l'arc-en-ciel.

— Ne vous en plaignez pas, ma tante, répondait ma petite, c'est un moyen de faire place à d'autres ;

un honnête rire fait du bien, et je ne sache rien de plus difficile à provoquer; vous me devez des bouquets et des couronnes.

— Oui, pour sa fermeté dans les épreuves, ajouta la bonne supérieure.

— « Mais, bonne sœur, l'énergie de votre nièce dans les choses sérieuses de la vie, vient de ce qu'elle passe lestement sur les petites. En général, les riens occupent à tel point les caractères vétilleux, qu'ils sont incapables de passer outre. »

Nous renonçons à peindre la douleur intérieure de la jeune institutrice, au moment de quitter cet hôpital, témoin de ses joyeux rires, de la spontanéité de son cœur, surtout de son empressement à venir en aide à la souffrance. Elle jeta un dernier et rapide coup-d'œil sur chaque objet, embrassa les sœurs réunies autour d'elle; puis elle s'élança vers la porte en murmurant ces mots :

— Vous le voulez, mon Dieu! Que votre volonté s'accomplisse!

Arrivés à l'échelle du paquebot, le commandant, qui connaissait la supérieure, et auquel elle avait fortement recommandé sa nièce, descendit quelques marches; il n'attendait que nous pour diriger la proue vers la pleine mer.

Pétros l'attendait aussi sur le pont du navire, mademoiselle Marie courut à lui, prit ses mains dans les siennes en lui montrant le ciel :

— N'oubliez pas, mes chères tombes, don Alonso, murmura-t-elle, en nous baisant au front...

Et son dernier *adieu* expira entre les bras de sa tante et de son amie.

Le paquebot fuyait à toute vitesse ! Il nous séparait de celle que nous aimions, avec cette rapidité qui donne le frisson. Il fuyait ! et nous le regardions fuir ; la ténacité de nos regards semblait défier l'espace, nous clouer à l'endroit où nous lui avions fait de la main un dernier *adieu!*

Pétros, l'humble et catholique Pétros, fut le premier qui rompit ce triste silence.

— Pourquoi, dit-il, s'adonner à la douleur ? Mériem emporte avec elle un immense trésor, une âme restée pure au milieu des épreuves.

— Quelle leçon ! répondit sœur Pauline en se dirigeant vers l'hôpital. Pétros, ajouta-elle, je t'attends demain ; celle dont tu as su apprécier la belle âme, m'a chargée de te remettre un souvenir...

— Monsieur, s'écria mon domestique, en venant ouvrir précipitamment la porte sans nous laisser le temps d'agiter le cordon, M. C... vous attend.

— « Raison de plus pour diriger mes pas ailleurs, répondis-je. »

— Par pitié, monsieur, montez ; qu'a-t-il ? je l'ignore, mais toujours est-il qu'il semble en proie à un violent chagrin. Décidément, les riches ont leur croix à porter tout autant que les pauvres.

M. C... attendait, assis sur un divan, l'œil terne et hagard. Évidemment, il souffrait le martyre. Ce n'était plus l'élégant Arménien que nous avions vu naguère, c'était un homme brisé par la douleur, et j'en eus pitié.

— Qu'avez-vous fait, monsieur, dis-je en le voyant. Comment vous êtes-vous laissé aller à un acte aussi déplorable ? En vérité, à qui se fier en ce monde ?

— Est-elle partie, don Alonso ? demanda-t-il d'une voix tremblante... Oh ! j'en mourrai.

L'accent de ses paroles me fit une impression pénible ; quelle expiation ! Je laissai sa demande sans réponse.

— Est-elle partie ? demanda-t-il de nouveau d'une voix brisée.

— Sans doute, dis-je en lui prenant les mains.

Un cri sourd s'échappa de sa poitrine ; ses muscles se raidirent, et mes mains emprisonnées dans les siennes me firent l'effet de se trouver entre les serres d'un vautour.

— Laissez les larmes venir en aide à la douleur, repris-je en le voyant dans cet état ; les filles savent toujours ce qui convient à leur mère.

Il éclata, la tête appuyée sur mes genoux et ne sachant dire à travers ses sanglots que :

— Où va-t-elle ? J'irai la chercher au bout du monde.

— Voyons un peu, dis-je quand les larmes eurent produit leur bon effet : qui vous a poussé à cette tentative ? Savez-vous que c'est une chose infâme ?

— Sans doute, reprit vivement le jeune homme, c'eût été une infamie, si des sentiments autres que les miens avaient guidé ce plan de conduite ; je voulais prévenir ce qui est arrivé, et rien de plus. Mais de grâce, ajouta-t-il en se mettant à nos pieds, lui, le millionnaire, ne me laissez pas ignorer plus longtemps le terme de son voyage. Songez, monsieur, que ma vie est entre ses mains, et qu'elle seule peut tout sur moi.

ÉPILOGUE.

—

Deux années s'étaient écoulées depuis le départ de la jeune institutrice. En posant le pied à bord du paquebot qui la reconduisait en France, elle nous avait fait promettre de taire son adresse au jeune homme désespéré. Sœur Pauline avait suivi de près sa nièce ; fidèle à ses vœux d'abnégation et d'obéissance, la pieuse fille de Saint-Vincent avait quitté l'Orient pour se rendre au fond de l'Amérique où l'appelait une importante mission.

Qu'est devenue l'institutrice ? Telle est sans doute la question que se pose le lecteur à la fin de notre récit, question bien naturelle et à laquelle va répondre la bonne jeune fille.

« Paris, nous écrivait-elle un jour, est la so-
« litude par excellence pour quiconque sait s'y
« prendre ; je vis ignorée dans un coin, sinon

« heureuse, du moins satisfaite. Mon goût dé-
« cidé à ne me pas écarter de la sphère où la
« Providence a jugé bon de me placer, m'est et
« m'a toujours été d'un grand secours. Il a éteint
« complétement en moi ce désir de figurer dans
« le monde qui, hélas ! ouvre un abîme à mille
« et mille aventureux.

« Ici, comme à Constantinople, je passe mes
« meilleurs moments à visiter les amis de Dieu,
« qui sont les pauvres ; et j'entends par pauvres,
« les déshérités de tous moyens d'existence.
« Combien je compatis à leurs peines, et qu'il
« m'est doux de partager mon unique morceau
« de pain avec des frères, d'autant plus respec-
« tables que leurs souffrances sont consignées
« sur la feuille de route qui mène à Dieu. De
« retour chez moi, je reporte mes regards sur le
« peu que je possède, et je me trouve magnifi-
« quement, eu égard à tant d'âmes de Dieu man-
« quant de tout.

« Vrai, cher monsieur, au milieu des mille
« embarras auxquels je me suis trouvée livrée,
« depuis mon départ de Stamboul, il ne m'est
« jamais arrivé de songer une seconde au luxe
« que j'avais quitté ; quand ma pensée prend
« son vol vers l'Orient, c'est pour presser la
« main de mes amies, ou m'agenouiller sur les

« deux tombes qui toujours me sont si chères !
« Allez les visiter quelquefois, vous y puiserez
« du courage pour les heures d'épreuves ; le
« courage des autres est un stimulant pour qui-
« conque a du cœur.

« Que mon séjour à Paris ne vous inspire au-
« cune peine; Celui qui m'a envoyé l'épreuve a
« fait suivre de près la consolation. Oui, la Pro-
« vidence m'a montré du doigt une de ces âmes
« qui ne traversent ce triste monde que pour
« se dévouer au salut de tous, pour leur montrer
« le chemin de la gloire, mais d'une gloire qui
« ne périt pas, vu qu'elle est éternelle, comme
« tout ce qui vient de Dieu. L'admirable ici-bas,
« c'est de joindre à une vaste intelligence une
« simplicité qui entre dans les moindres détails
« de la vie avec un accent de bonté à la fois con-
« solant et suave. Telle est cette âme ou ce
« prêtre romain.

« Il est grand temps de clore ma longue épître,
« en vous annonçant des médailles à l'effigie de
« sainte Geneviève et en vous permettant de
« me baiser le bout de l'index qui tant de fois
« vous a égratigne. »

Deux mois s'étaient encore écoulés quand un
jour mademoiselle Marie se rendit à Sainte-Ge-
neviève.

En sortant de l'église, suivie d'une personne de sa connaissance, un levantin qui examinait le groupe d'Attila vaincu par sainte Geneviève, patronne de Paris, attira l'attention de la jeune personne.

— C'est peut-être quelqu'un de ma connaissance, dit-elle d'un ton élevé à la personne qui l'accompagnait. Voyons un peu.

Ce son de voix produisit sur l'Oriental un effet magnétique, il se retourne et s'écrie :

— C'est donc vous ! vous que je cherche depuis des mois comme le naufragé cherche une planche de salut.

A la vue du riche Arménien, la jeune personne resta clouée à la même place sans un mot à balbutier.

— Vous avez vaincu ! répéta M. C., car c'était lui.

— Vaincu quoi ? demanda enfin l'institutrice,

— Vous me vouliez catholique, eh bien, vous serez satisfaite ; le seul obstacle qui me retenait n'existe plus : je suis orphelin et libre !

— J'en suis heureuse pour vous, répondit mamoiselle Marie ; mais j'ai renoncé au mariage.

— Puisque le catholicisme étouffe le cœur, je mourrai nestorien, ajouta résolûment le jeune homme.

16

Mademoiselle Marie resta un moment silencieuse, puis elle attira l'Arménien à l'écart et lui
fit cette question.

— Serez-vous sincèrement catholique ?

— Autant que vous, et ce n'est pas peu dire, si
vous consentez à devenir ma femme.

— Dans ce cas, suivez-moi, je vais vous conduire à la porte d'une maison où vous demanderez
le père de R..., et vous lui raconterez ce qui s'est
passé et vos intentions.

Un mois plus tard, M. C... était catholique et
marié à la jeune institutrice.

Les Grandes Questions Religieuses résolues en peu de mots, par M. l'abbé BERSEAUX. — LA FOI ET L'INCRÉDULITÉ. — L'ÉVANGILE ET LE SIÈCLE. — L'ÉGLISE ET LE MONDE. — LA MORT ET L'IMMORTALITÉ. Approuvés. 4 vol. in-18 raisin . . . . . 4 fr. »

Méditations sur la Vie de N.-S. J.-C., par S. BONAVENTURE, traduites par M. LEMAIRE-ESMANGARD, approuvées par Mgr l'Évêque de Beauvais. 2e édit., revue, par M. l'abbé OZANAM. . . . . 2 fr. 50

Vie de la Bienheureuse Marguerite-Marie Alacoque, avec le Procès de béatification, pr l'abbé MARILLIER. 1 v. in-12. 4 f. 50

LE MÊME, avec le portrait de la Sainte, photographié. . . . . . 2 f. »

Vie et vertus de l'humble servante de Dieu, la vénérable Anna-Maria Taïgi, par Mr LUQUET, évêque d'Hésebon. 2e édit. 1 vol. in-12, avec portrait de la vénérable photographié. 2 fr. »

Le Zèle Catholique, ses motifs, ses qualités, ses principaux objets, ses instruments et ses œuvres, par l'abbé GENTHON, chan. hon. 1 vol. in-12, appr. par NN. SS. les Év. de Valence et de Saint-Brieuc. 2 f. 50

Vies des Saints pour tous les jours de l'année, suivant l'ordre de l'office romain, traduites des légendes du bréviaire et des divers suppléments approuvés. 4 fort vol. in-12 de 700 pages. . . . . . 2 fr. 50

OUVRAGES DE PIÉTÉ DE MADAME BOURDON

LE MOIS EUCHARISTIQUE
Manuel pieux des âmes qui pratiquent la fréquente Communion

NOUVELLE ÉDITION REVUE PAR M. L'ABBÉ OZANAM

Un joli vol. in-18 glacé, 1 fr. 50.

L'auteur en composant cet excellent ouvrage, si goûté des personnes pieuses, a eu pour but la méditation de la vie de Notre-Seigneur, divisée en quatre phases principales, dont chacune fournit les méditations d'une semaine. — Première semaine : *Vie cachée de Jésus.* — Deuxième semaine : *Vie évangélique de Jésus.* — Troisième semaine : *Vie souffrante de Jésus.* — Quatrième semaine : *Vie glorieuse de Jésus.*

Ces méditations sont disposées chaque jour en **Préparations** et **Actions de grâces** pour les âmes pieuses qui ont le bonheur de faire la sainte communion tous les jours. Pour celles qui communient plus rarement, elles y trouveront amplement tout ce qu'il est nécessaire pour se bien disposer à recevoir ce divin sacrement. Des instructions et des exercices très-pratiques sur le sacrement de Pénitence et de l'Eucharistie ont été ajoutées à cette nouvelle édition.

Le Mois des Serviteurs de Marie. Nouveau Mois de Mai avec Prières de la Messe et Vêpres. 4 vol. in-18 glacé, 3e édit. . . . 1 fr. 50

MÉDITATIONS pour tous les jours de l'année, à **l'usage des Jeunes Filles,** avec Notices, Récits et Biographies pieuses pour chaque dimanche. 2 jolis vol. in-18.

Consolations, par le R. P. LEFEBVRE de la compagnie de Jésus, un très-beau vol. in-8° glacé, 6 fr. Le même, 1 vol. in-12, 3 fr.

Il y a dans ce livre une inspiration de foi compatissante qui ne se trouve que dans le catholicisme : « *Venez à moi, vous tous qui souffrez et je vous soulagerai.* » Ce mot d'ineffable tendresse, placé en tête de chaque sujet, est merveilleusement commenté par le P. Lefebvre qui sait l'approprier à toutes les douleurs et en faire jaillir le trait de lumière ou d'espérance qui convient à chacun.

La Science de bien mourir. Manuel et Annales de l'association de la Bonne Mort, contenant en 70 leçons un cours complet sur la mort et deux Neuvaines à saint Joseph, par le R. P. LEFEBVRE, 2 vol. .... 5 fr.

De la Folie en matière de religion, par le même auteur, un magnifique volume in-8° glacé 6 fr. Le même, un vol. in-12. .... 3 fr. 50

Ève et Marie. *Innocence. — Chute. — Réparation,* ou l'existence considérée en Ève et Marie avec ses dons, ses vocations, ses épreuves morales, ses souffrances, ses consolations, ses expiations, ses vertus, ses espérances. Par M. l'abbé ROGEZ, curé de Gonnehem. Un vol. in-18, approuvé par Mgr l'évêque d'Arras. .... 1 fr. 50

La Science du Salut enseignée par Jésus-Christ souffrant, ou **Étude du Crucifix**, suivie d'une Neuvaine en l'honneur de la Passion du Sauveur, par le R. P. MILLET de la Compagnie de Jésus. 1 vol. in-18 raisin. .... 2 fr.

Pour former les hommes à la science du salut par la voie de l'étude et du raisonnement, il faudrait un temps considérable et une application dont le grand nombre n'est pas capable. Dieu a choisi une méthode plus abrégée et plus facile ; il ouvre devant nous un grand livre où les questions sont résolues, où les décisions sont infaillibles. Ce livre, c'est Jésus-Christ crucifié : lisez-le, étudiez-le, méditez-le attentivement, et bientôt vous serez plus véritablement, plus solidement instruit que si vous aviez fréquenté les académies et toutes les écoles des savants.

Le Petit mois de saint Pierre commençant le 28 juin, veille de la fête de saint Pierre et finissant le 1er août fête de saint Pierre-aux-Liens, par M. l'abbé OZANAM, chanoine honoraire. Un vol. in-18 raisin, approuvé par NN. SS. les évêques de Versailles et d'Arras. .... 1 fr. 50

Ce petit livre consacré spécialement à la dévotion, à l'Église et au Saint-Siége, contient pour chaque jour une méditation sur ce sujet et le récit d'un pèlerinage à l'un des nombreux sanctuaires de Rome, les prières pendant la Messe est une Neuvaine pour la fête de saint Pierre.

Histoire de sainte Roseline de Villeneuve. Religieuse chartreuse et de l'influence civilisatrice de l'ordre des Chartreux, suivie de pièces justificatives, par le comte H. DE VILLENEUVE-FLAYOSC. Un magnifique vol. in-8° de plus de 500 pages avec gravures, approuvé par Mgr l'Évêque de Fréjus et par le R. P. Supérieur général des Chartreux. Prix. .... 7 fr. 50

BIBLIOTHÈQUE SAINT-GERMAIN

Ouvrages du cardinal Wiseman.

La Lampe du Sanctuaire, suivie de *Fleur-des-Neiges.* 4e éd.
La Perle cachée. *Histoire et Légende de saint Alexis.* 3e édit.
Un Regard sur le passé. Derniers souvenirs du Cardinal.

VOYAGES EN ORIENT du R. P. de Damas.

Voyage au Sinaï,	1 vol.	**Voyage à Jérusalem,** 2 vol.
Voyage en Judée,	1 vol.	**Voyage en Galilée,** 1 vol.

Ouvrages de Madame Bourdon.

Les Trois Sœurs.	**Une Faute d'Orthographe**
La Ferme aux Ifs.	**Les Servantes de Dieu.**
Denise.	**Abnégation.**
Heures de solitude.	**Marcia.**
Pulchérie.	**Nouvelles Historiques.**
Souvenirs d'une famille du peuple	**Histoire de Marie Stuart.**

Études populaires du même auteur :

Antoinette Lemire (l'ouvrière de Paris).	**Marthe Blondel** (l'ouvrière de Fabrique).
L'Héritage de Françoise.	**Les Veillées du Patronage**

Ouvrages du comte de Locmaria.

Les Guerrillas. 2 jolis vol.	**La Chapelle Bertrand.** 1 v
Marie-Thérèse en Hongrie	**Hist.** du règne de Louis XIV. 2 v.

Romans historiques de W. Bernard Mac-Cabe.

Trois études constatant l'influence de la Papauté sur le corps social au moyen-âge.

Adélaïde, reine d'Italie, ou la COURONNE DE FER. 1 beau v. in-12.
Florine, princesse de Bourgogne, ou une page des Ires Croisades.
Berthe, ou le Pape et l'Empereur. Épisode du XIIe siècle.

Auteurs divers.

Madeleine, p. Julia Kavanagh	**Veillées Normandes**, par
Stéphano, p. l'abbé Boulangé.	Mme la comtesse de Mirabeau.
Souvenirs d'un Missionnaire.	**Le Kalife de Bagdad.**
Conversations et Récits.	**Soirées** du Père Laurent.
Un Pair d'Angleterre.	**Les Balances du Bon Dieu.**
Simples Nouvelles.	**Souvenirs et Esquisses.**
La Guerre Noire, p. Dauriac	**Les Trois Éléonore.** 1 v. in-12
Édith Mortimer.	**Lizzie Maitland,** 1 vol. in-12
Catherine Geary. 1 vol.	**Mémoires d'une Institu-**
Le Prophète du Monastère.	**trice à Constantinople,**
Le Foyer Assiégé.	racontés par Don Alonso.

NOUVEAU COURS D'HISTOIRE UNIVERSELLE

PAR J. CHANTREL

Rédigé conformément au programme universitaire

A l'usage des Collèges catholiques, des Séminaires et autres maisons d'éducation

1° HISTOIRE ANCIENNE. 2° HISTOIRE DU MOYEN AGE. 3° HISTOIRE MODERNE

NOUVELLE ÉDITION REVUE, CORRIGÉE ET AUGMENTÉE

FORMANT 6 VOL. IN-12 BROCHÉS, 13 FR. 50; CARTONNÉS, 15 FR.

Tome I, **Histoire ancienne** (1ʳᵉ partie), temps primitifs, premiers empires, Grèce, depuis la création du monde jusqu'au commencement de l'ère chrétienne.

Tome II, **Histoire ancienne** (2ᵉ partie), Histoire romaine jusqu'à la mort de Théodose-le-Grand

Tome III, **Histoire du moyen âge** (1ʳᵉ partie), depuis la mort de Théodose-le-Grand jusqu'au commencement des Croisades.

Tome IV, **Histoire du moyen âge** (2ᵉ partie), depuis les premières Croisades jusqu'à la prise de Constantinople.

Tome V, **Histoire moderne** (2ᵉ partie), depuis la prise de Constantinople jusqu'au traité de Westphalie.

Tome VI, **Histoire moderne** (2ᵉ partie), depuis le traité de Westphalie jusqu'à la Révolution de 1789.

SUITE ET COMPLÉMENT DE L'HISTOIRE UNIVERSELLE

Par le même Auteur

HISTOIRE DE FRANCE

Depuis les origines jusqu'à la Révolution de 1789.

2 vol. in-12 br., 5 fr., cart. 5 fr. 50

HISTOIRE DE L'ÉGLISE

Depuis le commencement du Monde jusqu'à nos jours.

2 forts vol. in-12. Cartonnés, 6 fr.

HISTOIRE CONTEMPORAINE

Complément de l'Histoire de France et du Cours d'Histoire universelle

Comprenant tous les événements qui se sont accomplis depuis la Révolution de 1789 jusqu'à nos jours.

UN TRÈS-FORT VOL. IN-12, NOUV. ÉDITION, 720 PAGES PRIX : 5 FR.

COURS ABRÉGÉ D'HISTOIRE UNIVERSELLE

Par J. CHANTREL

5 FORTS VOL. IN-12. CHACUN SÉPARÉMENT, 3 FR.

Histoire ancienne. Temps primitifs, premiers empires, la Grèce et Rome.

Histoire du moyen âge. Depuis la mort de Théodose-le-Grand jusqu'à la prise de Constantinople.

Histoire moderne. Depuis la prise de Constantinople jusqu'à nos jours.

Histoire de l'Église. Depuis la création jusqu'à nos jours.

Histoire de France. Depuis les origines jusqu'à nos jours, y compris les derniers événements contemporains.

TABLE DES MATIÈRES.

Arras, Typ. de Rousseau-Leroy.

BIBLIOTHÈQUE SAINT-GERMAIN

1re SECTION. — LECTURES MORALES ET LITTÉRAIRES.

Ouvrages du cardinal Wiseman.

La Lampe du Sanctuaire, suivie de *Fleur-des-Neiges.* 4e éd.
La Perle cachée. *Histoire et Légende de saint Alexis.* 3e édit.
Un Regard sur le passé. Derniers souvenirs du Cardinal.

VOYAGES EN ORIENT du R. P. de Damas.

Voyage au Sinaï, 1 vol.	**Voyage à Jérusalem,** 2 vol.
Voyage en Judée, 1 vol.	**Voyage en Galilée,** 1 vol.

Ouvrages de Madame Bourdon.

Les Trois Sœurs.	**Une Faute d'Orthographe**
La Ferme aux Ifs.	**Les Servantes de Dieu.**
Denise.	**Abnégation.**
Heures de solitude.	**Marcia.**
Pulchérie.	**Nouvelles Historiques.**
Souvenirs d'une famille du peuple	**Histoire de Marie Stuart.**

Études populaires du même auteur :

Antoinette Lemire (l'ouvrière de Paris).	**Marthe Blondel** (l'ouvrière de Fabrique).
L'Héritage de Françoise.	**Les Veillées du Patronage**

Ouvrages du comte de Locmaria.

Les Guerrillas. 2 jolis vol.	**La Chapelle Bertrand.** 1 v.
Marie-Thérèse en Hongrie	**Hist.** du règne de Louis XIV. 2 v.

Romans historiques de W. Bernard Mac-Cabe.

Trois études constatant l'influence de la Papauté sur le corps social au moyen-âge.

Adélaïde, reine d'Italie, ou la COURONNE DE FER. 1 beau v. in-12.
Florine, princesse de Bourgogne, ou une page des 1res Croisades.
Berthe, ou le Pape et l'Empereur. Épisode du XIIe siècle.

Auteurs divers.

Madeleine, p. Julia Kavanagh.	**Veillées Normandes,** par
Stéphano, p. l'abbé Boulangé.	Mme la comtesse de Mirabeau.
Souvenirs d'un Missionnaire.	**Le Kalife de Bagdad.**
Conversations et Récits.	**Soirées** du Père Laurent.
Un Pair d'Angleterre.	**Les Balances** du **Bon Dieu.**
Simples Nouvelles.	**Souvenirs et Esquisses.**
La Guerre Noire, p. Dauriac	**Les Trois Éléonore.** 1 v. in-12
Édith Mortimer.	**Lizzie Maitland,** 1 vol. in-12
Catherine Geary. 1 vol.	**Mémoires d'une Institu-**
Le Prophète du Monastère.	trice à **Constantinople,**
Le Foyer Assiégé.	racontés par Don Alonso.

Arras. — Typographie Rousseau-Leroy, rue Saint-Maurice, 26.